KB101322

아다치와 시마무라
11

이루마 히토마 지음
raemz 일러스트
논 캐릭터 디자인

"즐겁게 지내자."
들리지 않도록 작게
중얼거리려고 했는데,
휙 돌아봐서
오히려 내가 놀랐다.

Never8

걸을 때보다도
등이 쭉 펴졌는데,
새삼 다시 보니
그늘이 진 얼굴은
나보다 한 살 정도
언니처럼 보였다.

너는 재미없을지도 몰라.
하지만 난 웃을게.
즐겁게 지내자고 한 이상은
즐겁게 지내겠어.
언젠가 날 따라오렴,
모르는 아이야.

집을 나선 지 얼마 후,
부모님에게도 외출한다는 말을 하지 않아서
나중에 혼나지 않을까 생각하니
위장 아래가 쿡쿡 아파 왔다.
부모님 얼굴을 보는 것도, 돌아가는 것도,
이야기하는 것도 성가셨다.
반항기에 빠져 있다는 자각 자체는
어렵지 않았다. 하지만 나른했다.
그래서 반항기에서 벗어날 수 없었다.

그렇게 고개를 드니 아다치와 곧장 눈이 마주쳤는데,
어째서인지 아다치는 힘껏 고개를 돌렸다.
교과서와 노트에는 눈길도 주지 않는 아다치가
무엇을 보고 있었을지, 시선을 한번 재현해 보았다.

아다치의 눈앞으로 손가락을 내밀고
방금 전 시선의 행방을 좇았다.
손가락은 내 가슴께에 도착했다.

Summer18

흠.

그렇구나.

"아다치는, 나를
야한 시선으로 보고 있어?"

아다치와 시마무라

11

이루마 히토마 지음

eXtreme novel

'검은 밤에는 새하얀 별이 있다'

제반 사정이란 여러 가지 사정이란 의미로, 여러 가지란 가지각색이며 가지가지로, 아다치는 부들부들거리고 나는 그 오른쪽 다리를 붙잡고 하늘하늘이었다. 뭐야, 하늘하늘이라니.

매미의 울음소리가 아래에서 위로 솟아나듯이 끊임없이 계속 이어졌다. 선반에 올려 둔 시계의 바늘 소리가 유독 크게 들렸다. 방 안을 떠도는 작은 먼지가 뚜렷하게 보였다.

오감이 예민해졌는데, 머릿속만 멍했다.

집에 온 아다치와 여행 계획을 세우려고 했는데, 대체 뭘 어쨌기에 이렇게 됐는지 생각하려고 해도 떠올리기가 힘들었다. 여름의 거품에 휩싸인 듯한 더위가 부리는 심술 탓에 나의 상식도 탈수증세를 일으켰는지도 모른다.

덧붙여서 지금 하는 장난은 '입술 이외의 장소에 키스하여 얼마나 상대의 얼굴을 빨갛게 만들 수 있는가 게임'이었다. 상대의 얼굴을 더 빨갛게 만드는 사람의 승리다. 키스와 인연이 없을 법한 부위일수록 고득점. 판단은 각자 알아서 감각에 의존한다. 현재로서는 내가 전승을 거두는 중이다.

이겨서 얻은 것이라면 숨막힐 듯한 열기 정도일까.

그래서 아다치의 오른쪽 다리를 가까이에서 가만히 바라보며, 다음은 어디가 좋을지를 생각하고 있다. 아다치는 지금 발바닥까지 새빨개졌다. 다른 사람의 발바닥은 평소에 가만히 관찰할 기회가 없으니, 아다치의 발바닥은 지금까지도 나랑 만날 때면 항상 빨개졌나 하는 의문을 품었다. 본인의 전체적인 인상과 비슷하게 가늘고 잘 정돈된 발가락을 찌르자, 아다치의 발목이 움찔했다.

그 섬세한 반응이 눈앞에서 벌어지자, 왠지 해선 안 되는 일을 한 것만 같다는 감정이 새삼스럽게도 눈을 뜨고 말았다.

"아다치는 어떻게 생각해?"

"우헤엑?! 뭐가?"

아다치의 귀는 새빨간 나비의 날개처럼 예술적이어서, 이거라면 귀에 입술을 대도 괜찮을지 모른다고 생각했지만, 귀는 과연 키스와 인연이 없는 곳일까?

그런 판단조차 대충대충 하고 있으니, 게임의 규칙 자체가 처음부터 엉망이었다. 하지만 게임이란 재미만 있으면 엉망이든 뭐든 관계없다. 오히려 엉망이어야 재미있다면, 그건 먼저 나서서 받아들이는 게 더 낫다고 본다.

그리고 이 게임은 즐겁다… 아니, 즐겁다는 감상과도 조금 다르지만, 그래도 빠져들 것만 같았다. 아다치와의 접촉이 나에게 크나큰 의미를 지니기 시작한 때가 언제였더라?

이렇게 오랫동안 눈을 빙글빙글 돌리면 얼굴이 지칠 듯도 한데, 아다치의 표정은 사라지는 일이 없다. 평소에 나랑 같이 있지 않을 때, 에너지를 축적하고 있어서 그런지도 모른다.

"음~"

"음, 응, 응~?"

"아다치는 여행 기대돼?"

그러고 보니 30분 전에는 여행 이야기를 하고 있었다는 걸 깨달은 나는 갑작스레 이야기를 되돌렸다.

"여해~?"

공기가 빠져 버린 아다치의 반응을 보니 고등학교 시절이 떠올랐다.

"기, 기대된다고… 해야 할까?"

아다치가 물에서 허우적거리다 숨을 쉬려는 듯이 턱을 올리고는, 겨우겨우 목소리를 짜내듯이 대답했다. 2층의 공기가 아다치에게는 너무 희박한 모양이다. 그 아랫입술과 때때로 엿보이는 혀끝을 바라보면서.

"나도 기대돼. 아다치랑 같이 여행하니까. 좋지? 특히 여행이란 단어의 울림이 좋아."

"저어, 그보다 시마무라…."

"네, 시마무라입니다."

이름을 부르기에 활기찬 목소리로 대답해 보았다. 정서가 왠지 불안해 보이지만 전부 여름 탓이라고 해 두자. 이런 여름도 있는 법이다. 마찬가지로 비슷한 매미 소리와 더위라 하더라도, 여름은 매년 다른 얼굴을 보여 준다. 같은 사람과 같은 시간을 단둘이서 보낸다 해도.

"아무것도 아니야….."

서로 마주 보는 사이에 빙수가 녹아 시럽과 섞였다.

아다치의 목소리가 안겨 주는 인상처럼 아래로 가라앉아 갔다.

"아다치가 무슨 말을 하고 싶은지는 왠지 잘 알겠어."

"정말? 정말 알겠어?"

"물론이지."

실은 모른다. 그리고 그렇게까지 잘 이해하고 있다면 당연히 재미없다. 아다치는 새빨간 사랑을 흘려보내듯 뺨을 누르면서, 알고 있다면 그건 그거대로 곤란하다는 듯이 눈동자를 굴렸다.

어른이 되어 많이 차분해졌는데, 이렇게 밀착하면 옛날의 얼굴을 언뜻언뜻 선보인다는 것이 아다치의 미덕… 미덕? 아냐. 그렇게 어려운 말의 형태가 아닌데. 귀엽다, 라고 말하면 그만이다.

매미의 울음소리가 약간 멀어진 순간을 기다렸다는 듯이 기억의 파도가 밀려왔다. 파도는 높고 기세가 강해, 내 발목을 넘어 무릎까지 휩쓸고 갈 듯했다. 젖은 발의 차가운 감각에 몸을 떨면서, 눈을 가늘게 뜨고 마주한 바다를 바라보았다. 각자의 여름 경치가 밤의 바다에 떠오른 모습을 머나먼 하얀 별이 반짝이며 비추어 주었다.

그 모습은 해변에서 바라볼 수는 있어도 헤엄을 치기에는 너무 멀리 있었다.

그만큼의 거리가 생길 만큼, '옛날'은 이미 멀어지고 말았다.

"시, 시마무라?"

오른쪽 다리를 꽉 붙든 채 움직이지 않는 나를 보고 아다치가 계속 당황스러워한다. 설마 센시티브와 센티멘털이 같은 우산 아래에 있다고는 상상하지 못하겠지.

아다치와 추억. 두 가지를 동시에 바라보려고 초점을 흐렸더니 아다치가 여러 명으로 보였다.

그 분열된 아다치의 작게 흔들리는 머리에 손을 올렸다.

이 경치도 언젠가 그 바다의 하나가 되길 기도하면서.

"행복이 있으라."

"응? 저어…… 뭐?"

아하하하하하하하.

아다치와 시마무라, 22세.

힘껏 다리를 뻗으면 여행이 될 법한 나이가 되어 있었다.

'Never8'

"정말? 지금도 그런 걸 하고 있구나?" 엄마가 예전에 그런 소리 했으니, 학교 수영장 출석은 드문 일인지도 모른다. 여름방학이 주는 한낮의 즐거움이라고 한다면, 나에게 있어서는 이거였다. 시원하고, 헤엄치고, 즐겁다. 친구도 많고 하니, 가지 않을 이유가 없었다.

안에 수영복을 입고, 옷을 갈아입은 다음 수영 가방을 붙잡았다. 타다다닥! 현관까지 달리다 멈출 수 없어져 번쩍 뛰어올랐다.

"간다!"

"신발은 신고 내려가렴."

"기세가 너무 좋아 탈이야!"

돌아와 신발장 아래의 틈새에 놓아둔 자신의 신발을 꺼냈다. 신발을 신으면서, 깜빡하고 양말을 신지 않았다는 걸 눈치챘지만 별로 큰 상관은 없어 보여서 그대로 자리에서 일어섰다. 놓아둔 신발 안은 상당히 뜨겁다고, 손가락을 이리저리 움직이면서 생각했다.

배웅하러 온 엄마의 품속에는 여동생이 안겨 있었다. 여동생은 요즘 꽤 말이 많아져, 같이 놀면 무척 즐겁다.

"모르는 사람이랑 자동차 조심하렴."

"네네."

"하다못해 100걸음 걸을 때까지는 기억해 둬."

꽈~악, 뺨을 양옆에서 꼬집혔다.

"넌 날 닮아서 바보 같은 데가 있으니까."

"뭐라~?!"

방금 충격적인 진실이 밝혀졌다.

"어렴풋이 느끼고는 있었습니다."

"역시 내 딸이야."

"그리고 올해의 목표는 '똑똑해지자'로 결정되어 버렸네요."

"그랴. 심 내거래이."

하하호호 인사는 마쳤으니, 여동생한테도 한마디 남겨 두었다.

"여동생이여. 이 언니는 아주 건강해져서 돌아오게 될 것이야."

"넌 이미 건강하고도 남잖아."

쭈~욱, 이번엔 뺨을 잡아당겼다. 엄마가 그러니 여동생까지 흉내 내며 '몰캉몰캉'거리잖아. 얼굴이 재미있는 형태로 쭉 퍼져 나갔다. 좋은걸?

"타루짱도 오려나?"

"오면 좋겠네."

엄청 건성으로 대답하는 엄마를 보고, 나와 여동생이 마치 약속이라도 한 듯이 웃었다.

매일 가는 나와는 달리 타루짱은 수영장에 오다 안 오다 한다. 집에서 할 일이 있으면 못 온다고 했다. 젊은데, 참으로 기특하구면.

"그렇지. 잠깐만 뒤를 돌아봐."

엄마가 내 어깨를 붙잡고 몸을 빙글 뒤로 돌렸다.

"자는 사이에 목을 치려고?"

"서서 자면 안 되지."

엄마가 머리카락을 마구 헝클듯이 매만졌다. 여동생을 안은 채, 솜씨 좋게 내 머리카락을 한데 정리하고 잡아당기고 묶으니, 귀가 시원~해졌다. 높은 위치에서 묶인 머리카락을 엄마가 톡톡 손가락으로 건드리며 말했다.

"다 됐어. 더우니까 이게 더 낫지?"

"흐~음."

시원해진 귀에 살짝 힘을 주어 꿈틀꿈틀 움직였다.

"너 그게 가능하구나?"

"호호호."

"정말 닮든 말든 필요 없는 부분까지 닮았네…. 자, 어서 다녀와."

"네~엡."

손을 흔들고 문을 향해, 빛나는 강의 수면 같은 세계로 발을 내디뎠다.

소리는 없지만, 뜨거운 파도가 어깨까지 잠기게 할 만큼은 밀려왔다. 여름은 항상 처음이 힘들다. 강한 빛을 향해 걸으니 마치 태양의 손끝에 닿은 듯한 기분이 들었다.

학교에 가는 도중에 친구를 발견해 합류하여 같이 걸으니 점점 사람이 늘어났다. 친구들의 목소리를 등에 뒤집어쓰듯이 웃으며 계속해서 제일 앞에서 걸었다.

녹색 펜스 앞을 지나 학교 정문까지 돌아갔다. 한 번은 펜스를 기어 올라가려고 도전했지만, 도중에 교정에 있던 선생님한테 들켜 혼난 적이 있다. 나중에 엄마한테 이야기했더니 바보 같은 짓을~! 이라며 뺨을 때리는 흉내를 냈다. 손을 내 뺨 앞에 두고 찰싹 때려 소리까지 연출했었다.

그리고 다음 날, 엄마가 '해 보니까 여유롭더라'라며 나한테 기쁜 모습으로 보고했다.

용서 못 해.

도장이 벗겨져 녹색이 눈에 띄는 동상에 인사하며 지나간 뒤, 학교 건물과 건물을 연결하는 복도를 가로지르자 운동장이 보였다. 식물이 쇠기둥을 휘감아 지붕을 만든 공간 아래에, 이미 와 있던 아이들이 웅크리고 앉아 기다리고 있었다. 저 아래는 얼핏 보면 햇살을 피할 수 있어 쾌적해 보이지만, 매우 빈번하게 털벌레가 떨어져서 싫어하는 아이도 꽤 많았다. 타루짱이라든가.

선생님한테 카드를 내밀어 도장을 받아 볼까. 현재로서는 수영장 출석 카드에 빼먹지 않고 전부 도장을 받았다. 이걸 다 채우면 좋은 일이 있는지는 모르겠다. 하지만 도장으로 빈 곳을 채우고 그걸 바라보면 왠지 기분이 좋았다.

수영장 이용 시간은 학년의 각 반마다 정해져 있다. 오늘 나는 점심 전의 이른 시간이었다.

지면의 모래에 손가락으로 동그라미와 엑스를 그리며 친구랑 노는 사이에 준비 운동을 하는 시간이 되었다. 수영장이 열리기 전에 다 같이 체조를 했다. 아침에도 하는 라디오 체조다. 대충 하는 척만 하는 아이, 정확하게 몸을 움직이는 아이 등, 자세는 모두 달랐지만 나는 정확하게 몸을 움직이는 아이였다. 의외지만!

왜냐하면 즐거운 일이 즐겁지 않은 일로 바뀌도록 만드는 건 싫으니까.

즐겁지 않은 일을 즐겁게 만드는 건 무척 어렵다. 그래서 처음부터 즐거운 일은 아주 소중하게 다뤄야 한다고 생각한다. 얼마 전에 엄마한테 그런 이야기를 했더니 '나는 가능하지만 말이지' 하고 잘난 척을 했다. 용서 못 해.

체조하는 중에 보니 뒤쪽 줄에 서 있는 타루짱이 보였다. 오늘은 왔구나, 하는 생각에 기뻐졌다.

친구는 많지만 제일 사이가 좋은 아이는 타루짱이다. 타루미니까 타루짱.

그런데 성 말고 이름이 뭐였더라?

타루짱도 날 시마짱이라고만 부르니까 내 이름을 잊어버렸을지 모른다.

체조가 끝나니 꼭 비를 맞은 것처럼 등과 이마가 땀범벅이 되었다. 후우우, 하고 공기를 내쉬면 입김이 나와도 이상하지 않을 만큼 몸이 달아올랐다. 하지만 수영장의 문이 열려 모두가 일제히 문을 향해 가는 도중에도 나는 뒤를 돌아 반대편으로 갔다.

"안녕."

"아, 시마짱."

제일 뒷줄에 있던 타루짱을 맞이하러 갔다. 오늘은 노란 셔츠와 파란 바지를 입은 모습이었다. 어디서 많이 봤다 싶어서 위에서 아래를 훑어보고는 멍하니 있다가, 노ㅇ구 같은 색이란 걸 깨달았다. 타루짱한테 안경을 씌워 주고 싶다는 생각에 가만히 보고 있자, 어째서인지 타루짱이 몸을 꼼지락거렸다.

다른 아이들보다 한참 늦게 탈의실로 들어갔다. 돌로 만든 것처럼 색이 어둑어둑한 탈의실은 수영장의 공기가 농축되어 떠도는 듯 냄새가 진했다. 사람이 가득해서 열기도 장난이 아니었다. 장난이 아냐. 뭔지는 잘 몰라도 숨이 막힐 것처럼 빈틈이 없었다.

"시마짱. 그 머리카락 귀여워."

"정말? 후후후, 그렇단 말이지?"

고개를 주억주억하면서 머리의 끝을 흔들었다. 너무 심하게 흔들었더니 눈앞이 어질어질했다.

"엄마가 묶어 줬어."

"그래~?"

풀려고 하니 조금 아까웠다. 하지만 이대로 수영장에 갈 수는 없어서 나는 고무줄을 풀었다.

"평소의 시마짱이 됐네?"

머리를 내린 내 모습을 보고 타루짱이 셔츠를 벗으며 웃었다.

사용하는 로커는 항상 타루짱의 바로 옆이다.

"그렇게 보일지 모르지만 오늘은 평소랑 좀 맛이 달라."

"무슨 맛인데?"

"음~ 정글맛."

타루짱이 머리 위에 물음표 표시를 가득 떠올리는 모습을 바라보면서, 팔꿈치를 부딪치며 옷을 갈아입었다. 탈의실은 좁아서 옷을 갈아입는 아이들의 팔꿈치와 어깨가 사정없이 팍팍 부딪친다. 하지만 나는 오기 전에 미리 수영복을 입고 온 덕분에 그 팍팍 부딪치는 일은 최소한으로 그친다.

출입구의 발판을 밟으며 찜통 같은 탈의실 밖으로 나갔다. 밖에서 나보다 뒤늦게 나오는 타루짱을 기다렸다. 기다리는 사이에 금세 발바닥이 뜨거워져서 제자리 뛰기를 했다. 그러다 샤워실 방향에서 차가운 물이 삐져나와 젖어 있는 지면으로 대피했다. 찰싹, 하고 물이 튀는 소리가 즐거워서 나는 몇 번이고 제자리걸음을 했다.

푸른 하늘에 바쳐진 듯한 태양을 올려다보니 신기하게도 마음이 달아올랐다. 피부에 바르고 싶어지는 햇볕의 따가움 속에서 가슴이 마구 들썩거렸다.

끄덕, 하고 크게 고개를 앞뒤로 흔들자 목구멍에서 배 속으로 따뜻한 공기가 흘러 들어갔다.

여름의 더위를 받아들여도 영향을 받지 않는 부드럽고 따뜻한 공기였다.

밖으로 나온 타루짱이랑 나란히 샤워를 하고, 발을 소독하고, 계단을 올랐다. 찰딱찰딱, 하는 발소리를 뒤쫓듯이 풀사이드로 이동했다. 먼저 와 있던 아이들은 벌써 줄을 서 있어, 우리도 그 줄 뒤로 돌아갔다.

학교의 수영장은 왼쪽은 얕고 오른쪽은 깊었다. 오른쪽은 상급생이 사용하는 곳이다. 예전에 몰래 수영장을 두 개로 나눈 울타리에 들러붙어 깊은 곳에 발을 뻗어 봤는데 발이 닿지 않아, 제법인걸? 하고 생각했다. 지금보다 더 키가 크지 않아선 옆으로는 갈 수 없다. 타루짱은 키가 제법 크니 어떻게든 따라잡아야겠다고 남몰래 의욕을 불태우고 있다.

등에 들러붙어 있던 물방울이 금세 말라서 버석버석해졌을 즈음, 선생님이 순서대로 수영장에 들어가라고 지시했다. 처음은 코스마다 줄을 서서 정해진 영법으로 수영을 하는 시간이다.

여기서는 똑바로 수영하면 그만이라 재미는 별로 없다. 그래도 자신의 차례가 와서 수영장에 들어가 어깨까지 물에 잠기니.

"와아~"

절로 그런 목소리가 새어 나왔다. 물속은 별세상으로 연결되어 있는 듯, 온도와 무게가 자유로워졌다. 팔다리의 끝이 해파리가 된 것처럼 흔들려, 그 상태 그대로 떠다니고 싶어졌다. 하지만 옆줄의 아이가 헤엄치는 모습을 보고, 나도 선생님한테 혼나기 전에 헤엄을 치기 시작했다.

가끔 쑤욱 주먹을 내지르면서도 진지하게 헤엄쳤다. 지금은 아직 다들 얌전하다.

가장 큰 즐거움은 마지막에 있을 자유시간이었다.

그 시간이 오면 아직 익지 않은 오코노미야키의 재료를 한가운데로 밀어 놓듯이 일제히 모두가 물보라를 일킨다. 나도 질 수 없다는 듯, 타루짱보다 먼저 수영장으로 뛰어들어 곧장 기세 좋게 헤엄친다. 그리고 이쯤이라고 혼자서 결정하고 수영을 일단 중지한다. 다리를 내리고 떠오른 채, 안녕하우꽈, 라고 하며 사방에서 습격할 예정인 아이들을 잇달아 쓰러뜨린다. 그럴 예정이다!

첨벙첨벙첨벙, 크게 거품을 내며 계속 움직여서 손발이 저릴 정도로 산소가 부족해진 나는 다급히 수면으로 고개를 내밀었다. 얼굴에 들러붙은 물방울이 흘러서 이마가 가려웠다.

긁적거리고 있자, 뒤쫓아온 타루짱이 등에 '으랍' 하는 소리와 함께 손가락을 부딪쳐 왔다.

'에잇', '하압', '으랴랍' 하고 서로 손날을 맞부딪친 다음, 타루 짱이 고개를 갸웃했다.

"시마짱, 왜 갑자기 허우적거렸어?"

"방금 그건 피라냐한테 습격당했을 때를 가정한 움직임이었어."

"피라냐라니?"

"놈은 무섭거든."

어제 TV에서 봤던 지식을 늘어놨다. 그 날카로운 엄니는 틀림 없는 육식성이다.

"얼굴이 너무 무서웠어."

"피라냐… 냐… 피라냐, 본 적이 없어서 흉내 못 내겠어!"

"이런 느낌이야."

이를 흉내 낸 손톱으로 타루짱의 팔을 덥석 물었다.

덥석덥석 깨물린 타루짱이 음~ 하고 의아한 표정을 지었다.

"악어?"

"노~ 피라냐."

깨물깨물, 하고 타루짱의 오른팔을 마구 먹어 댔다. 제법 맛있 었다.

"피라냐는 어디에 살아?"

"정글."

지명은 잊어버렸지만 경치는 숲속 깊은 곳이었다.

"시마짱, 정글에 가는구나?"

"그런 일이 있을지도 몰라."

1년 후의 음식 메뉴를 맞힐 수 있는 사람은 없다. 하지만 직접 결정할 수는 있다.

엄마가 예전에 그렇게 말했다. 의미는 이해할 수 없지만!

"외계인과 만나기보다는 정글에서 피라냐랑 싸우는 일이 더 가능성이 크다고 생각하지 않아?"

우주에서는 숨을 쉴 수 없다고 한다. 즉, 계속 물속이나 마찬가지가 아닐까? 아마도.

좀 즐거울 것 같아.

"그건… 그럴지도!"

"그치그치? 그래서 나는 피라냐랑 매일 싸우고 있어."

"이미 싸우고 있다고 생각하는 중이구나…."

나의 최첨단을 달리는 모습에 놀란 타루짱이 무언가 생각났다는 듯이 웃었다.

"만약 시마짱이랑 정글에 가면, 피라냐는 맡겨 둘게."

"얼마든지."

붙잡아서 현지 사람들처럼 구워 먹어 주겠어. 음~ 굽는 법도 공부해 둬야겠네.

"타루짱한테는 악어를 부탁할게."

"뭐?"

"듬직해."

악어한테는 도저히 못 이길 듯하니 타루짱한테 맡기기로 했다.

"아, 악어?"

"샤~아크!"

"그건 상어고."

"…샤아크."

상어답게 물속으로 가라앉고 싶었다. 거품을 보글보글 내면서, 악어는 영어로 뭐라고 했지? 하고 기억을 떠올려 보려고 했다. 아… 아, 아~악~어.

악어처럼 흔들흔들 얼굴을 반쯤 내밀고 이리저리 움직인 후, 타루짱 곁으로 돌아갔다.

"어서 와, 시마짱."

"뺨이 차가워졌어."

이것으로 타루짱 앞에서도 또 등을 펴고 살아갈 수 있게 됐다.

부활한 나를 보고 타루짱이 마음이 놓인다는 듯이 생글생글 눈꼬리를 내리며 웃었다.

"같이 갔으면 좋겠다, 정글."

"어? 가고 싶어?"

나무의 숫자만큼이나 위험이 가득한데. 의외로 인디아나 존스 같은 타루짱이었다. 탐험대를 좋아하는지도 모른다.

타루짱은 아직 보지 못한 피라냐에 흠칫 놀라듯 등을 뒤로 젖히더니 수영장을 돌아보았다.

시끌벅적한 아이들이 뛰어올라서 일어난 물결에 팔꿈치를 흔들리면서, 타루짱이 폭신폭신한 과자처럼 달콤한 미소를 지었다.

"시마짱이랑 같이 간다면, 좋아."

첨벙, 하고 누군가가 수면을 발로 찬 소리가 지나가더니 뒤늦게 바람이 불어왔다.

타루짱은 제일 친한 친구다.

앞으로도 계속 친하게 지낼 거고, 어디에 가든 타루짱과 함께가 아닌 나는 상상할 수 없었다. 적어도 지금은 1년 후의 식사 메뉴가 눈앞에 보였다.

그러니까.

나도 타루짱과 함께라면 괜찮다고 생각했다.

그 마음을 울부짖듯이 쏟아 냈다.

"샤아~크!"

"그건 상어라니까."

분위기로 끝까지 밀고 나가며, 나는 타루짱을 네 번 정도 먹어 버렸다.

"신기해."

"뭐가~?"

수영장 위로 올라와 탈의실 구석에서 옷을 갈아입는데, 타루짱이 킁킁, 큼큼, 나를 보고 콧소리를 냈다.

"같이 수영장에 들어갔는데, 시마짱한테서 염소 냄새가 더 많이 나."

"염소?"

"수영장에 들어가 있는 물질."

"그런 숨겨진 맛이….."

물맛이 좀 이상하긴 이상했지만.

머리카락을 북북 닦으면서 고무줄을 바라보았다. 올 때는 엄마가 묶어 줬는데, 갈 때는 어떻게 하지?

"으음….."

검지에 걸고 빙글빙글 돌리면서 조금 고민했다.

좋아, 한번 시도해 볼까! 하고 아직 젖어 있는 자신의 머리카락을 붙잡았다. 짜내듯이 머리카락을 한데 모아 고무줄을 통과시키려고 시도했다. 낮은 위치라면 어떻게든 가능해 보였지만, 조금 전처럼 높은 위치에서 묶기는 왜 그런지 몰라도 어려웠다. 잘 묶이지 않아서 머리카락을 세게 잡아당겼더니 으윽~ 하고 비명을 질렀다. 내가.

"시마짱, 내가 해 줄까?"

옷을 갈아입으며 지켜보고 있었는지 타루짱이 나섰다.

"타루짱, 할 수 있어?"

"당연히 할 수 있지."

"그럼 맡기리라리."

"무슨 말 하는지 모르겠어, 시마짱."

고무줄을 타루짱한테 건네주고 뒤로 돌았다.

"자는 사이에 목을 치진 마."

"시마짱, 선 채로 자기도 해?"

"열심히 노력하면 가능할지도 몰라."

특히 힘껏 수영한 뒤라면.

졸음의 비눗방울이 떠올랐다가 퍼엉 터지는 모습을 몇 번인가 지켜봤다.

그사이에 타루짱이 내 머리카락을 묶었다. 탈의실의 벽으로 이동해 묶은 모습을 확인한 다음 타루짱을 돌아보았다. 머리카락의 감촉이 사라진 귀를 꿈틀꿈틀 움직였다.

"머리가 가벼워진 느낌이 참 좋아."

"응. 시마짱… 귀여우니까."

"무하하."

칭찬을 받으니 뺨이 마구 들뜨려고 했다. 말이 매미의 날개처럼 얼굴에 찰싹찰싹 닿는 느낌이다.

"그런데 오른쪽으로 기울었어. 한 번 더 해 줄게."

"아냐, 괜찮아괜찮아. 타루짱이 이렇게 묶어 줬으면 이것으로 충분해."

내 머리를 잡으려는 타루짱의 손에서 도망쳤다. 꺄~악 하고 달리자 어째서인지 타루짱이 웃었다.

"왜 웃어?"

"시마짱, 달리는 모습이 이상해서."

"뭣이라?"

양팔을 앞으로 내밀고 달리는 자신의 모습을 새삼 내려다본 나는, 이상한가? 하고 고개를 갸웃했다.

그건 제쳐 두고, 나는 손목을 옆으로 흔들었다.

"타루짱… 중요한 건 마음이야."

투둑투둑, 하고 수영장의 물이 튀는 소리가 들렸다.

"혹시 마음은 이곳에 있어?"

묶어서 아래로 내려온 머리카락의 끝을 붙잡았다. 머리는 먹물을 머금은 붓처럼 젖어 있었다.

꽉 움켜쥐니 물방울이 좌악 스며 나왔다. 타루짱의 마음은 살짝 차가웠다.

그 타루짱이 양손을 이리저리 휘저으며 뒤섞더니 살짝 머리를 숙이고 고개를 끄덕였다.

"가득해. 응, 아주 많아!"

"그럼 이게 제일이겠네."

이것으로 한 건 해결. 호호호, 하고 웃으며 마무리를 지었다.

옷을 갈아입는 중이라 수영복과 옷을 같이 입은 어중간한 모습의 타루짱도 맞다며 고개를 끄덕였다.

타루짱도 옷을 다 갈아입고 둘이서 탈의실 밖으로 나갔다. 아직도 물속에 있는 것처럼 몸이 둥실둥실 흔들렸다. 이제부터 점심을 먹고, 멍하니 보내게 될 그때는 마음과 몸이 제일 느슨한 시간이다. 즐거움과는 또 다르다. 행복이 무엇인가 하면, 그럴 때가 아닐까 생각한다.

"있지, 나중에 시마짱네 놀러 가도 돼?"

타루짱이 수영 가방을 발로 차듯이 흔들면서 내 얼굴을 들여다보았다.

"이대로 같이 가면 되지 않아? 음, 따지자면 이건 똑똑한 발언이었어."

"난 점심 아직이라서."

"그렇구나. 그래, 나도 밥 먹고 기다리고 있을게."

밥 먹고 낮잠을 자도 괜찮을 듯했는데… 아, 그렇구나. 타루짱이랑 같이 자면 되잖아.

음, 한 걸음 더 똑똑해진 느낌인데?

"시마짱네 여동생, 날 기억하고 있을까?"

"글쎄? 가끔 내 얼굴도 잊어버리거든."

"정말? 시마짱은 한 번 보면 잊기 어려울 텐데."

여러 가지 의미에서, 라고 타루짱이 조금 빠른 속도로 덧붙였다.

그 여러 가지 의미를 잘 나누어 정답으로 이끌어야 똑똑한 사
람이라는 생각이 들었다.

"그럼 조금 있다가 다시 만나자, 시마짱."

"또 보자~"

깊은 용수로가 흐르는 모퉁이까지 와서 일단 타루짱과 헤어졌
다. 타루짱이 도중에 뛰어가는 모습을 보고 나도 달릴까 고민하
다가, 얼마 전에 엄마한테 뛰어다니지 말라고 혼난 일이 떠올라
빠르게 걸어가기로 했다.

발바닥에서 시마짱즙이 흘러나오는지 신발 안이 살짝 눅눅했
다.

걸을 때마다 다리보다도 눈꺼풀이 무거워졌다. 수영장에서 너
무 신을 냈던 모양이다.

하지만 즐거우니 어쩔 수 없는 일인가?

타루짱도 온다니 눈을 번쩍 뜨이게 만들어 놔야겠어. 번뜩 눈
을 떴더니, 눈 아래가 증발해 버릴 듯이 아팠다. 그 덕분에 조금
이지만 졸음이 달아난 것 같기도 했다.

아~ 하고 하늘을 향해 입을 크게 벌리며 보이지 않는 무언가
를 깨물었다.

꽉 어금니로 부서뜨린 그것이 내 마음속에서 확확 솟구쳐 올
랐다.

조금만 더 있으면 할아버지 댁에 놀러 가 곤을 만나게 된다.

겸사겸사 옆집의 언니도.

즐거운 일밖에 없구나, 여름방학에는.

"이런 일이 계~속 이어졌으면 좋을 텐데."

여름방학이 시작되면 계속 끝나지 않을 듯한 마음으로 바라보게 되는데, 정신을 차려 보면 언제나 남은 시간이 거의 없다. 매일 다름이 없는 하루하루인데, 나는 확실히 앞으로 나아가고 있는 모양이었다.

초등학생이 되고, 더 걸으면 중학생이 되고, 언젠가는 고등학생이 되고.

그건 분명히 아주 좋은 일이겠지만.

여름방학은 제발 끝나지 말아 줬으면 했다.

철학적인 나의 모습이었다.

언젠가 끝난다고 하더라도.

부디 여름방학이 하루라도 더 길어지길.

초등학생이라면 모두 할 법한 그런 흔한 바람을 품으며 그 태양 아래를 걸었다.

왼쪽이 논이고, 오른쪽이 감나무밭인 길에 접어들자 흙이 메마른 듯한 냄새가 강해졌다. 그와 동시에 길 저편에서 걸어오는 아이에게 눈길이 갔다.

한낮이라는 배경의 하늘에 녹아 버릴 듯이 살결이 새하얀 아이였다. 키는 나보다 커 보이는데, 구부정해서 그런지 머리가 낮은 위치에 머물러 있었다. 살짝 푸른색을 띠는 검은 머리카락 너머에서는 가늘게 뜬 눈과 괴롭다는 듯이 꾹 닫은 입매가 엿보였다.

수영장과는 인연이 없을 듯한 분위기인 그 아이한테서는 염소 냄새가 하나도 나지 않았다.

정말 재미없다는 듯이 걷는, 모르는 아이와 스쳐 지나갔다.

그 아이는 여름방학이 길어지길 전혀 바라지 않을 것만 같았다.

그 보기 드문 모습에 이끌렸기 때문일까.

"즐겁게 지내자."

들리지 않도록 작게 중얼거리려고 했는데, 휙 돌아봐서 오히려 내가 놀랐다. 그럴 생각은 없었는데 자신에게 말을 건 줄 알았는지, 여자아이가 당황했다. 걸을 때보다도 등이 쭉 펴졌는데, 새삼 다시 보니 그늘이 진 얼굴은 나보다 한 살 정도 언니처럼 보였다.

안녕~ 하고 손을 흔들었더니, 머리카락이 검은 아이는 재빨리 앞을 보고 걸어가 버렸다.

기왕에 시작한 인사니, '잘 가~'라고 하며 조금 더 손을 흔들었다.

"음."

너는 재미없을지도 몰라. 하지만 난 웃을게.

즐겁게 지내자고 한 이상은 즐겁게 지내겠어.

언젠가 날 따라오렴, 모르는 아이야.

아하하하하하.

아다치와
시마무라

'little ancestor'

매미 우는 소리가 들리면 무심코 먼 곳을 바라보려 한다.

아아, 있구나. 그런 느낌이 든다. 단지 그뿐. 자신과 공간에 틈새가 생긴다고 해야 할까?

아주 약간이지만 해방된 기분이 든다.

아무렴 어때, 하고 신발을 신었다. 고개를 들고 5초간 기다렸다.

"흠."

매미 소리뿐이다.

"자~아, 슈퍼에 갈까~?"

정면의 문을 향해 말하자, 복도 중간부터 갑자기 발소리가 들리기 시작했다. 공중에서 떨어져 내려온 것처럼.

"함께 가겠습니다, 어머니."

"오, 오늘은 돌고래구나?"

돌아보니 돌고래 차림의 외계인이 타박타박 달려와서는 누가 봐도 인류는 불가능할 각도로 도약해 남의 머리를 뛰어넘어 현관에 가볍게 착지했다. 그거야 그럴 수 있다고 치고.

"현관에는 신발을 신고 내려와야지."

"기세가 너무 강했습니다."

돌아온 돌고래가 얼마 전에 사 준 고무 샌들을 신었다. 돌고래의 발톱 끝은 밝다. 물색 발톱이 은은하게 빛을 냈다. 발톱의 부드러운 형태 덕분인지 발톱 끝은 물결이 흐르는 것만 같았다.

그 돌고래를 붙잡아 등 뒤로 돌려놓자, 엉금엉금 머리로 기어 올라왔다. 길을 걷게 놔두면 쫄랑쫄랑 자유롭게 움직여서, 이렇게 데리고 가야 제일 편하다는 걸 최근에 배우게 되었다. 머리에 올려도 가볍기도 하고.

따지고 보면 공중에 떠 있는 상태이기도 하니, 사람의 머리에 굳이 들러붙지 않아도 괜찮은 듯했다.

"잘 붙잡도록."

"네~"

돌고래에 올라탄 소년은 있지만, 돌고래를 태운 여자는 좀처럼 보기 힘들다.

프리미엄 감각이 넘치는 출발이었다.

밝은 떠오른 태양에 이끌려 올라가듯이 기온이 쭉쭉 올라가, 아침에는 남아 있던 희미한 상쾌함은 증발한 지 오래였다. 장난스럽게 검지를 공중으로 뻗으니, 그 손가락에 매미의 울음소리가 머물러 있는 듯한 기분이 들었다.

매미 소리는 서로 함께 진동하듯이 기억을 뒤흔들었다.

흔들리고 넘쳐흘러, 여러 가지 추억을 떠오르게 만든다.

지금까지의 여름을 잡다하게 정리해 둔 골판지 박스를 무심코 엿보듯이.

그리고 현재의 여름으로 돌아와 보면, 가끔 머리 옆에서 돌고래의 지느러미인지 꼬리인지가 흔들리는 모습이 보였다.

"돌고래를 수족관에서 본 건, 초등학생 때가 마지막인지도 몰라."

딸이 초등학생일 때가 아니라 내가 초등학생 때다. 오랜만에 수족관에 가 보는 것도 괜찮을지 모른다.

조만간에, 가족이 함께.

"호오, 수족관 말입니까."

"넌 가 본 적 있니?"

"없습니다만, 아버지와 함께 본 TV에 나왔습니다."

"그래~?"

만약 갈 기회가 있다면 얘도 같이 데리고 가 볼까, 하고 어렴풋이 생각했다.

길거리에 나와 사람들과 스쳐 지나가면, 사람들이 내 머리 근처를 한 번 더 돌아본다. 그 현상이 재미있었다. 땅 위이고, 돌고래고, 돌고래 입 사이로 머리가 나와 있고. 재미있는 요소밖에 없으니, 좋은 일이지 뭐.

"자, 돌고래야. 무슨 말이라도 해 봐."

신호를 기다리는 동안, 따분함을 견디기 위해 내가 그런 요구를 했다.

우리 집에 얹혀사는 이 아이는 흥미로운 이야기를 많이 했다. 이미 나는 과거에서 현재에 이르는 우주의 모습을 30개 정도는 알게 되었다. 슈퍼에 갔다가 돌아오기만 했을 뿐인데!

남편에게 자랑했더니 굉장하네, 흐~응, 하고 말했다. 흐~응이 왠지 열 받아.

"얼마 전에 했던 이야기를 계속해 주면 어떨까?"

"얼마 전이라면… 어떤 이야기인지요?"

"나도 잊어버렸어."

아하하하, 하고 무심코 웃었다.

"그다음 이야기인 척하면서 무슨 이야기든 하면 돼."

"그렇다면, 그렇군요…. 얼마 전에 미니 씨에게 물고기용 밥을 같이 받았던 이야기를 해 드리겠습니다."

"우주 얘기가 아니네~?!"

하지만 재미있어 보이니 그냥 들으며 계속 걸었고, 이러니저러니 하는 사이에 익숙한 슈퍼에 도착했다.

차가운, 그리고 살짝 생선류 냄새가 섞인 슈퍼의 공기를 맡자 눈앞이 밝아진 듯한 기분이 들었다. 독특한 고양감은 살결을 간지럽게 자극해, 발과 신발을 녹여 뒤섞은 듯이 가볍게 만들어 준다.

"어머니. 과자 코너는 저기입니다."

"오늘은 저기엔 안 갈 건데요?"

"아니?"

으으음, 하고 채소 코너를 같이 돌면서 돌고래가 고민하는 소리를 냈다. 그리고 살짝 지느러미가 앞으로 나왔다.

"과자빵 코너는 저기입니다, 어머니….”

"왜 이렇게 하나밖에 모르는 내비게이션일까.”

가고 싶은 곳만 가리키는 내비도 나름 신선할지 모른다.

나 같은 아이구나?

"아니, 그러고 보니… 있었어.”

내 다리를 밀어 과자 코너로 데리고 가려고 하는 아이. 저쪽이에요~ 라고 하면서. 목덜미를 붙들고 곧장 그곳으로 데리고 가주니 깍깍거리며 무척 좋아했었다.

어린이와 슈퍼에 오는 감각이었구나. 이 그리움으로 몸을 근질근질하게 만드는 감각은.

어린 딸도 이젠 안 따라오게 됐고.

아하, 하며 나는 돌고래의 작은 지느러미를 쿡쿡 찔렀다.

"왜 그러시나요?”

"아무것도 아냐.”

정육 코너 앞을 지나다가 항상 그곳을 담당하는 할머니 점원과 눈이 마주쳤다.

키가 작아서 들여다보지 않으면 쇼케이스 너머로는 모자의 윗부분밖에 안 보인다.

"안녕하심까!”

선수를 쳐서 고등학교 야구 선수처럼 인사를 해 보았다. 할머니는 "어머나, 어머나.” 하고 머리에 들러붙어 있는 돌고래를 보며 눈을 휘둥그렇게 떴다.

"그러면 안 더워?"

"얘는 서늘해서 여름에는 오히려 기분이 상쾌해요."

겨울의 추위와는 또 다른, 부드러운 시원함이 있었다. 행인두부(杏仁豆腐)의 온도와 비슷한지도 모른다.

"안녕하세요~"

어느덧 낯이 익어 버린 돌고래가 할머니에게 인사했다.

"항상 사이가 좋구나."

"어머니와는 좋은 친구입니다."

"어머니인데?!"

"엄마가 친구라도 괜찮지 않을까요?"

어머니니까 사랑한다든가 하는 무조건적인 게 아니라… 상대가 어머니니까, 무엇을 원하는가. 관계성의 대답은 그렇듯 점과 점을 스스로 생각하여 연결해야 하는 법이다.

그러니까 딸이 엄마와 친구가 되고 싶어 한다면, 나는 그러한 사실을 정면으로 받아들이겠다.

애인이 되고 싶다고 해도 일단 이야기는 들어 보겠다.

정육 코너를 떠나자 돌고래가 머리 위에서 얼굴을 들여다보았다. 얼굴에 물색의 밝은 그림자가 지는 경험도 무척 신선했다.

"어머니와 친구면 이상한가요?"

"아니, 전혀."

그렇게 말하자 돌고래가 입과 눈을 옆으로 쭉 늘어뜨리며 웃었다.

"후후후, 무척 사이가 좋으시군요."

만족스럽다는 듯이 돌고래가 찰싹찰싹, 남의 머리를 지느러미로 때렸다.

"그러게. 사이좋은 편 아닐까?"

"그 말투, 시마무라 씨와 비슷하군요."

"…그러니?"

나도 시마무라 씨란다.

계산을 마치고 가게 바깥에 있는 가늘고 긴 공간으로 갔다. 그곳 탁자에 장바구니를 놓고 물건을 가방에 넣었다. 그렇게 고개를 숙이니 돌고래의 꼬리가 뺨을 찰싹찰싹 때려서 방해가 되었다.

"일단 내려오렴."

"네~"

스르륵스르륵, 등을 미끄러져 내려와 돌고래가 착지했다. 문제없이 두 발로 서 있는 돌고래였다.

그리고 가만히 옆에서 올려다보기에, 무릎을 확 들어 올렸다.

"와~!"

뜬금없이 지느러미가 위로 올라갔다.

휙 내렸다.

"오오~!"

뜬금없이 등을 뒤로 젖혔다.

얼마나 대충대충 반응하는지 알 수 있어 인상이 좋았다.

왜냐하면 내가 대충대충이기 때문이다.

외계인을 적당히 즐겁게 만들어 주고, 구입한 물건을 모두 가방에 넣었다.

"자, 이제 돌아갈까?"

"와~!"

무릎을 들어 올렸을 때와 같은 수준으로 기뻐하며 돌고래가 내 등 위로 달려들었다.

"그런데 네 부모님은 아무 말씀도 안 하셔?"

"네?"

엉금엉금 기어서 내 머리로 돌아온 돌고래가 내 어깨에 다리를 올리며 의문스럽게 되물었다.

"매일 우리 집에 있잖니. 가끔은 네 얼굴을 보고 싶어 하지 않으실까?"

부모님이 된 입장상, 그런 점이 궁금하기도 했다.

"저의 아빠와 엄마 말인가요. 음… 글쎄요?"

"글쎄요?"

"어느 쪽일까요?"

"호오, 다양성이 있는 인물인가?"

아무래도 복잡하게 얽히고설켜 있을 듯했다. 조금 만나 보고 싶기도 하다.

돌아가는 길도 돌고래를 머리에 태운 채, 놀라는 사람과 손을 흔들어 주는 사람들을 만나며 천천히 걸었다. 얼굴 주변의 열기가 돌고래에게 흡수당하는 것처럼, 여름의 안개라 할 만한 감각이 멀어져 갔다. 편리하다.

돌아가는 길, 차단벨이 울리지도 않는 건널목 앞에서 멈춰 선 나는 아직 하고 있는지 아닌지, 바깥의 칠판을 확인했다.

좋아.

"가끔은 시크한 카페에도 데리고 가 줄게."

"시크한 곳 말인가요?"

불끈, 하고 승리 포즈를 짓는 돌고래를 보고 웃었다. 어린 딸과 같은 발상, 행동이었다.

"바깥에는 '얼음 빙(氷)' 자가 적혀 있습니다만."

"무지무지하게 시크한 곳이야."

호오~ 외계인이 지구의 문화를 감탄하면서 바라보았다. 응.

오늘도 문화적인 인간이 되고 말았다.

안에는 테이블 두 개와 카운터 자리밖에 없었다. 세월이 느껴지는 좁은 카페였다.

전체적인 인테리어가 갈색 계열인데 목제여서 그런지 단순히 오랜 세월이 지나 이렇게 굳어 버린 것인지 확실치 않았다. 동글에 여러 가지 물건을 놓아둔 듯한 분위기로, 여름에는 차가운 느낌이 드는… 딱 좋은 곳인지도 모른다.

"어서 오십쇼!"

가게에서 말하기 전에 내가 먼저 어서 오십시오, 라고 말을 해봤다. 무척 민폐라는 듯이 눈매를 찌푸리며 할아버지가 카운터 너머에서 고개를 들었다. 으아, 왔다, 라고 말하듯 씁쓸해 보이는 입매가 기대한 그대로였다.

"놀라지 마시라, 오늘은 내가 손님이다! 최고죠?"

"넌 자신의 목소리가 시끄럽다고 생각하지 않나 보지?"

"네, 전혀요."

"그것 참 부럽군. 그런데…."

할아버지의 눈이 돌고래를 가만히 바라보았다.

"안녕하세요~"

"돌고래한테 인사를 받긴 처음이군. 안녕."

오래 살고 볼 일이라며 감동했다. 값싼 할아버지다.

"이상한 녀석이라고는 생각했지만, 설마 어류인 딸까지 있을 줄이야."

"그야. 우리 남편의 80퍼센트는 반어인(半魚人)이니까요."

"역시 그런가…."

이해가 된 듯하시니 다행이다.

돌고래는 어류가 아니지만.

"치카마 야시로(知我麻社)라고 합니다."

"호오. 그런 이름이었구나?"

처음 알았다. 전에도 들었는지 모르지만 잊어버렸다. 평소엔 이름을 안 부르니까. 남의 얼굴은 쉽게 기억하지만, 이름은 이상하게 잘 기억에 남지 않았다. 아다치네 엄마의 이름도 절묘하게 어렴풋이 기억하고 있을 뿐이다.

분명히… 오… 카…… 오카. 그래, 오카다. 고상한 이름이다.

"자네는 부모가 돼서 그러면 쓰나."

"반성하고 있습니다~ 자, 먹고 싶은 거 주문해."

내가 돌고래를 재촉했다. 돌고래는 뭘 마실까? …바닷물?

"시크한 카페라면 프라푸치노가 좋겠군요!"

"오, 잘 알고 있네?"

"후후후. 어제 아버지가 TV에 주문을 했었습니다."

"그런데 여기엔 그런 거 없어."

"아, 니, ~~?"

"잘 봐. 이 가게 어디에 프라랑 푸랑 치노가 있어?"

눈을 뜨고 자세히 보니, 푸는 어딘가에 감춰져 있는 것도 같았다. 프라랑 치노는 어감상 역 앞의 도토루에 앉아 있을 듯했다.

"프라랑 푸랑 치노와는 인연이 없는 사람이 그런 소릴 잘도 하는군."

"뭣이라? 난 매일 여고생이랑 차를 마시는데요?"

거짓말은 안 했다. 그리고 프라푸치노는 제쳐 두고.

"빙수 한번 먹어 보지? 좋아할 것 같은데."

우리 집에서도 빙수는 대접해 준 적이 없었을 테니까. 그리고 이 가게, 정말로 빙수가 있기는 할까? 1년 내내 얼음이라는 깃발이 휘날리고 있는 상황이니까 그런 의심이 들 수밖에.

"시크한가요?"

"온몸이 시크하구면."

"그러면 빙수를 먹겠습니다."

"그래, 빙수 말이지?"

있구나. 실재한다는 사실에 살짝 감동을 느끼고 말았다.

"나는 카츠카레!"

"자기소개 감사하군. 아이스 커피면 되겠지?"

"카츠 요소는 빼지 말았으면 했는데."

얼른 자리에 앉으라는 듯이 할아버지가 손을 흔들었다. 그리고 그 손가락은 돌아가려는 돌고래의 꼬리를 붙잡았다. 신경 쓰였던 모양이다.

그 돌고래가 내 어깨를 뛰어넘어 의자 위에 정확히 떨어져 앉았다. 훈련하지 않아도 곡예 정도는 선보일 수 있는 듯했다. 해 볼까? 수족관. 그런데 돌고래 이외에는 없기도 하고, 내일은 기린이나 호랑이가 될지도 모르고, 집에 있는 수조도 작은 물고기밖에 헤엄칠 수 없고, 등등 문제투성이라 벌써부터 좌절되고 말았다.

"시크한 카페에서 휴식을 취하다니, 저도 이 별에 꽤나 익숙해 졌군요."

큭큭큭, 하고 지느러미로 팔짱을 끼며 돌고래가 의기양양한 표정을 지었다.

그런데 이 애는 뭘 위해서 지구에 왔을까? 관광인가?

맞은편에 앉아 가방을 신중하게 내려놓으며 돌고래를 바라보았다.

돌고래의 눈동자를 들여다보니, 낮인데도 불구하고 우주가 보였다. 처음 보는 성운이 소용돌이치고 있었고, 미지의 별이 강하게 눈을 깜빡이며 사라졌고, 빛이 여기저기로 튀어서 복잡하게 겹친 모양을 그리며 눈동자를 형성했다. 그 모든 것은 마지막에 중앙의 암흑에 빨려 들어갔다.

그리고 그 암흑 안에서도 다음 반짝임이, 새로운 우주가 모습을 드러내기 시작했다.

끝이 없고, 시작이 없는 변화.

코즈믹이라고 할지, 스트레인지라고 할지, 돌핀이라고 할지.

"수상한 생물이야."

"호호호. 어머니한테는 못 미칩니다."

"뭐라?"

무지하게 시크한 카페의 의자에 예의 바르게 앉아 있는 돌고래보다 흔한 어머니일 뿐인 내가 더 수상쩍다는 말이야?

하지만 남편에게 물으면 맞다며 맞장구를 칠지도 모른다. 꽤 오래전에도 '당신은 아방가르드 같아'라는 말을 들은 적이 있다.

유행을 선도하는 소녀가 몇 단계 진화해야 그렇게 되는 걸까.

"방금 전에 너희 부모님 이야기를 했었는데, 아빠랑 엄마가 확실히 누군지 모르니?"

"그러네요. 생각해 봤습니다만, 정확히는 그렇게 불러야 할 존재가 없는 거겠지요."

"뭐라?"

아빠 엄마가 문제가 아니라 존재 자체가 사라져 버렸다. 뭔데, 자세히 말해 줘, 라고 하듯이 몸을 내밀자 빙수가 나오기까지 기다리는 사이의 심심풀이로 돌고래가 자신의 신상 이야기를 시작해 주었다.

"옛날에 우리는 하나의 개체였습니다. 세상이 탄생했을 때는 어느새 그 주변에 있었던 것 같습니다. 하지만 무언가가 필요했는지, 우연인지는 모르지만 28개의 개체로 분리되었습니다. 처음에는 핵이 되는 하나의 개체 이외에는 의지가 없었지만, 내버려 뒀더니 점점 의식이 싹튼 모양이더군요. 저는 꽤 의식의 각성이 늦었기 때문에 자세히는 모르지만, 그렇다고 들었습니다. 그리고 28개의 개체 모두에게 의식이 싹텄을 무렵에 깨달은 일이지만, 원래의 하나의 개체로 돌아갈 방법을 알 수 없었습니다."

"하아~ 바보 같긴~"

시계가 고장 나 분해했다가 원래대로 되돌릴 수 없게 됐다는 이야기랑 비슷하네.

"그래서 원래대로 돌아가길 포기하고 그대로 우주를 어슬렁거리고 있습니다."

"너 같은 사람이 그렇게나 많구나? 와아, 눈부시겠는걸?"

"우주를 떠돌기도 하고, 계속 잠만 자기도 하고, 창을 들고 이리저리 달리기도 하고, 다들 내키는 대로 살고 있습니다."

"빙수를 얻어먹기도 하고 말이지?"

"호호호."

돌고래가 컵에 담긴 물을 단숨에 전부 들이켰다. 남은 얼음을 달그락달그락거리면서 즐겁게.

"우주의 시작부터 존재했다면 꽤 장수했네?"

정말 그렇다면.

"저는 자아가 최근에야 싹터서 아직 600살 정도지만, 활동할 수 있는 시간은 약 8억 년이군요. 그 시간이 지나면 일단 휴면기에 들어갑니다."

"휴면기?"

"약 2만 년 정도 활동을 멈추고, 입자를 재구축하지요. 그리고 또 활동을 재개합니다."

"우오~"

숫자의 크기가 하나하나 다 거대하다. 내 저금 계좌의 숫자도 그만큼 급격하게 늘지 않을까 하고 꿈을 꾸게 된다.

"그래서? 또 8억 년간 움직여?"

"그렇게 되겠군요."

"그렇다면 넌, 불로불사구나?"

"불로불… 으~음?"

"늙지도 않고 죽지도 않는다는 의미야."

죽지 않는 건 몰라도, 늙지 않는다니 무척 부럽다.

"그렇군요. 그렇게도 말할 수 있을까요."

시원스럽게 고개를 끄덕였다. 겉보기와는 달리 엄청난 생물이었다.

우리 딸도 참, 엄청난 생물을 다 주워 왔네.

아다치도 퍽이나 이상하고, 그런 사람을 끌어들이는 뭔가가 있을지도 모른다.

"불로불사는 이상한가요?"

이 아이는 이상한지 아닌지를 꽤나 신경 쓴다. 눈에 띄지 않게 살아야 한다든가 뭐라든가 그랬는데, 매일 동물 차림을 하는 건 딴지를 걸어 주길 바라는 건가?

"그야 그렇지. 인간의 한계는 초월했으니까."

"후후후. 저는 인간이 아닌 건가요?"

외계인이 시험하듯이 그렇게 물었다. 그래서 위에서 아래까지 확인을 해 봤지만 아무리 봐도 아니었다.

"넌 돌고래잖아."

그리고 어제는 해파리였다.

돌고래는 지느러미와 꼬리를 흔들며 두리번거리더니, 마지막에 싱긋 웃었다.

"그것도 그렇군요."

"그치?"

역시 딴지를 걸어 주길 기다렸던 건가. 기나긴 사전 작업이었어, 정말로.

그리고 아빠 엄마가 없다면, 앞으로도 어머니로 남아도 괜찮지 않을까 생각했다.

그렇게 잡담을 하고 있자니, 빙수와 아이스 커피가 나왔다. 이 할아버지는 아이스 커피를 시켜도 김이 모락모락 나는 커피를 가져올 만큼 일을 대충 하지만, 오늘은 틀림없이 차가운 커피였다.

서늘하고 투명한 그릇에 담긴 얼음은 딱 그것뿐으로, 과일이나 아이스크림이 같이 나오지는 않았다. 할아버지는 빨강, 파랑, 녹색이라는 3종의 시럽을 돌고래 앞에 늘어놓았다.

"좋아하는 시럽을 뿌려서 먹어라."

"와~!"

"서비스가 너무 좋지 않나요?"

내 아이스 커피에는 밀크도 안 가져왔으면서.

할아버지는 돌고래의 머리를 슬쩍 보더니 여전히 무표정한 얼굴로 말했다.

"난 돌고래를 좋아해서."

"저는요?"

"카츠카레는 이제 부담스러운 나이가 돼서 말이야."

"몸조리 잘 하세요."

아예 빙수용 시럽을 커피에 넣어 버릴까? 돌고래는 고민 끝에 파란색 시럽으로 산봉우리 같은 얼음을 물들였다. 파란 액체가 스며들어 투명한 얼음을 물들여 갔다.

지금 그야말로, 이 돌고래가 세상을 물들이는 행동과 똑같다는 생각이 들었다.

"그럼 잘 먹겠습니다."

"그래그래."

"보답, 뭔가, 필요한가요?"

도중부터 갑자기 떠듬떠듬 단어를 끊으며 말했다.

"보답?"

"희망이 있다면 말씀하시지요. 저는 이래 봬도 제법 뭐든 할 줄 안답니다."

"제법 뭐든 할 줄 몰라서 고민하고 있는 중인데 말이지."

설거지, 바닥 청소. 시켜 봤지만 아무래도 위험해 보였다.

"뭐든 이루어 드리지요."

강하게 나와서 "뭐든이라." 하며 말을 맞춰 주었다.

"나도 세계 정복처럼 남들 같은 꿈은 있지만… 그런 건, 남한 테 이뤄 달라고 할 일인가? 싶은 구석이 있잖아? 9조 엔을 원하면 다른 사람한테 받아도 기쁘겠지만, 세계 정복은 좀 달라. 물론 9조 엔도 좋지만, 세계 정복도 빼놓긴 아까우니."

"네에."

돌고래가 멍하니 입을 벌리고 있었다. 알기 쉽게 표현하면, 무슨 뜻인지 모르는 표정이었다.

이거야, 언어화가 어려운 차이라고도 할 수 있었다. 과정과 결말의 무게 차이라고 할까?

나이를 먹은 사람의 머리로는 어려운 문제였다.

"하여간, 세계는 언젠가 내가 정복한다는 말이었어!"

"오오~"

"세계 정복을 하더라도 마시고 먹었으면 돈은 꼭 내라."

"별 이득이 없네."

하지 말까? 세계 정복.

어린아이가 꿈꾸면 정말 언젠가는 이뤄질지도 모르니, 어른이 쪼금 꿈꾸는 정도가 딱 좋을 듯도 하지만.

그러면 남는 건 9조 엔인데, 외계인한테 금전을 요구하면 실패한다. 건네준 지폐를 복사해서 돌려주기 때문에 나중에 위조

지폐를 사용했다며 체포당하니까. 내년의 미스 이우레가*는 나다.

"아, 그렇지. 그렇다면 얼음 한입만 줄래?"

빙수도 돌고래와 마찬가지로 몇 년이나 경험하지 못한 일이었으니, 오랜만에 맛보는 것도 괜찮겠다는 생각이 들었다.

"너한테 뭘 받으려고 한다면, 그 정도가 딱 좋겠지?"

이건 내가 사는 빙수니, 사실 처음부터 거부권은 없는 거지만.

돌고래는 한 박자 쉬고, 생긋 웃으면서 지느러미로 정교하게 스푼을 쥐었다.

듬뿍 얼음을 퍼낸 스푼이 나를 향해 다가왔다. 나는 손가락에서 얼음까지 모두 푸르른 그것을 맞이했다.

"어머니의 그런 점, 참 좋다고 생각합니다."

"어떤 점이든 다 좋다고 생각하는데요~?"

냐하하하하하하하하하.

※이우레가 : 테즈카 오사무의 『블랙잭』에 나오는 외계 행성인. 남편이 아내를 작년의 미스 이우레가라고 소개한다.

아다치와
시마무라

'Ever15'

자신의 초조하고 앞서가는 마음과 공이 튕기는 소리가 일치했다.

심장을 직접 두드리듯 농구공을 튕기게 만드는 그 초조함이 나는 마음에 들었다.

매미도 아직 일찍 일어나는 데 익숙지 않은지, 새벽녘에는 그 울음소리가 많지 않았다. 뜨뜻미지근한 열기의 포럼이 계속 눈앞에 있는 듯한, 그런 걸음걸이로 마을을 걸었다. 농구공을 지면에 튕길 때만, 그런 여름의 공기를 잠시 갈라놓을 수 있을 듯했다.

여름방학이 시작되어도 여전히 남아 있는 무언가에 떠밀리듯이 나는 공만 들고 혼자서 걸었다. 아침부터 인정사정없이 후텁지근했지만, 햇빛이 본격적으로 내리쬐지 않는 만큼 아직은 그나마 나은 편이었다.

집을 나선 지 얼마 후, 부모님에게도 외출한다는 말을 하지 않아서 나중에 혼나지 않을까 생각하니 위장 아래가 쿡쿡 아파 왔다. 부모님 얼굴을 보는 것도, 돌아가는 것도, 이야기하는 것도 성가셨다.

반항기에 빠져 있다는 자각 자체는 어렵지 않았다. 하지만 나른했다. 그래서 반항기에서 벗어날 수 없었다.

집에서 한참을 걸어온 곳에서 긴 다리를 건넜다. 크다고 해야 할지는 모르겠지만, 상하로 긴 다리였다. 몇 겹이나 나선을 그리는 다리 아래에는 청소도 잘 하지 않아서 가장자리가 검게 변한 벤치와 역시나 같은 취급을 받고 있는 농구 골대가 설치되어 있었다. 육각형 타일 위에서도 공을 튕기면서, 농구 골대를 사용하는 사람이 아무도 없다는 걸 확인했다. 그럴 수밖에. 이렇게 이른 아침이니까.

기껏해야 개와 산책하는 사람이 지나갈 뿐이었다.

골대에 천천히 다가가 적당한 거리에서 공을 가볍게 던졌다. 투웅, 하고 림의 가장자리에 부딪친 공이 힘없이 떨어졌다. 원 바운드된 공을 손에 들고 이번엔 정확히 자세를 잡고 골을 노렸다. 체육관의 골대와는 미묘하게 다른 점이 있어, 힘 역시도 미세한 조절이 필요했다.

항상 슛 연습만큼은 솔선해서 했다. 이게 제일 즐거우니까. 드리블도 처음에는 실력이 느는 게 보여서 즐거웠지만, 공을 너무 오래 가지고 있으면 다른 부원과 싸우게 돼서 흥미를 잃고 말았다. 정확히 말하면 공을 바닥에 튕기는 행동은 여전히 마음을 들뜨게 했지만, 상대를 제치는 일에는 관심이 거의 없어졌다. 그리고 나의 농구는 슛 연습에 이르게 되었다.

공을 던지기만 하는 단순한 행동은 금세 결과가 나오니까, 그게 오래도록 계속할 수 있었던 이유라 생각한다. 나는 눈앞의 일만 추구했는데, 그래서인지, 그런데도, 절로 장래에 막연한 불안감을 품었다. 눈앞만 보는데도 먼 미래를 생각하게 된다.

맞물리지 않아 조바심을 내는 모습을 자각했지만, 어떻게 해 볼 수는 없었다.

그 초조함을 만들어 낸 계기를 알면서도 나는 무력했다.

쇠약해져 가는 친구에게 아무것도 해 줄 수 없었다.

뛰고, 던지고, 줍고. 공과 림의 사이를 왕복하듯 반복하면, 피로로 인해서 머리는 곧 쓸데없는 고민을 하지 않게 된다. 잠자기를 좋아하는 이유도 그런 도피하고 싶은 감정의 발로인지도 모른다.

이렇게 연습한 슛도 시합에서 선보일 기회는 3학년 여름에 찾아오지 않았다. 고문 선생님에게 반발한 결과, 기피 대상이 되어 계속 벤치에 앉은 채 나의 동아리 활동은 끝이 났다. 별로 분하지는 않다.

팀의 일원으로서 무언가를 이루고자 하는 의식은 마지막까지 싹트지 않았기 때문이다.

…나를 시합에 내보내지 않은 고문 선생님의 판단은 옳지 않았을까 생각한다.

선보일 기회도 없는 슛만이 조금씩 실력이 늘어, 갈 곳을 잃었다.

"오. 들어갔다."

마침 우연히 자동차 소리가 들리지 않았기 때문인지도 모른다. 그런 혼잣말의 범위를 넘지 않는 작은 목소리가 등 뒤에서 들려왔다. 굴러가는 공을 내버려 둔 채 돌아보니, 그 더러운 벤치에 어느새인가 사람이 앉아 있었다.

일본 전통복을 입은 여자와 딱 눈이 마주쳤다.

내가 생활하는 곳 주변에서는 볼 기회가 없는 옷차림과 얼굴을 보고 잠시 눈이 크게 흔들렸다.

여자는 눈이 마주쳤는데도 동요하지 않고, 친근하게 미소 지었다. 물론 지금껏 한 번도 만난 적이 없는 사람이다. 마을에서 스쳐 지나가는 사람들과는 분위기가 명백하게 달랐다.

투명하고, 얼음덩어리를 보고 있는 듯한⋯ 그런 기분이었다.

세련된 모습을 그렇게 표현하다니, 적절하다고 할 수 있을까?

좌우간, 대략적으로 말하면 도시 냄새가 풍겼다.

그 도회적이고 나보다 틀림없이 연상일 이 여성은 대체 누구일까? 그냥 나를 지켜보고 있다는 것만으로도 솔직히 말해 불편했다. 그렇다고 말을 걸 이유도 적절한 화제도 없어서, 나는 굴러간 공을 주우러 갔다.

공을 줍고 겸사겸사라는 듯이 돌아보았다. 물론 아직 있었다.

전통복을 입은 여성이 생글생글 웃으며 계속 나를 바라보았다. 이래선 연습하기 힘들다. 방해가 된다는 의미로 험악한 시선을 보냈는데 전혀 반응이 없다. 미소를 지으며 나를 보고 있으면서, 마치 아무것도 보이지 않는다는 듯이. 그리고 저 벤치는 굉장히 더러운데 아무렇지 않은 표정으로 앉아 있어도 괜찮은 걸

까? 딱 봐도 비싸 보이는 전통복을 입고 있는데도 그런 꺼림칙함은 없는 듯했다.

혼자 있고 싶기도 해서 이렇게 이른 아침에 온 건데 왜 딱 마주치는 건지. 등 뒤에서 계속 시선이 느껴졌다. 공을 튕겨도 난처함은 가시지 않았다.

무시하지 못하고 자세를 잡은 결과, 주목하는 시선을 의식한 나머지 팔꿈치가 위축되었다.

점프하는 순간의 무릎과 상반신의 움직임이 제각각이라 슛을 하기도 전에 빗나간다는 걸 알 수 있었다. 손에서 미끄러진 듯 허무하게 날아간 공이 간신히 보드의 가장자리에 닿았다. 튕겨 나온 공을 잔달음으로 달려가 잡은 뒤, 그 표면의 감촉으로 무언가를 없는 셈 치려는 듯, 손바닥으로 쓱쓱 공을 문질렀다.

"그림이 되는걸?"

오싹해서 펄쩍 뛰어오를 뻔했다.

목소리가 뒤통수를 쓰다듬듯이 가까이에서 들렸다. 몸을 뒤로 젖히듯이 비틀며 돌아보니, 전통복을 입은 여성이 등 뒤에 서 있었다. 키 차이도 있어 위압감이 느껴진 나는 새삼 한 번 더 오싹한 심정에 뒷걸음질을 쳤다.

"안녕."

"안녕… 하세요?"

만에 하나라도 아는 사이인데 내가 잊어버리고 있을 가능성도 고려해 인사는 했지만, 그럴 리 없다고 확신했다. 외모가 이런 사람을, 아무리 내가 사람의 얼굴을 잘 기억하지 못한다고 해도 잊어버렸을 리가 없었다.

그 외모란, 익숙지 않은 옷차림 외에도 옅은 밤색으로 귀에 걸린 세미롱의 머리카락. 생기 넘치는 입술. 닿기만 해도 더러워질 것 같고, 그런 상상조차 주저하게 만들 만큼 흰 살결. 부드럽고 온화한 표정은 나의 시선을 가볍게 받아들이고 흘어 버려서 반발심조차 들지 않게 했다. 떠도는 향기는 구체적으로 말하긴 어렵지만 꽃이라고 바로 떠올릴 수 있을 만큼 부드러운 자극을 안겨 주었다.

그리고.

가까이에서 보니 무엇보다도 그 눈동자에 시선이 갔다.

희미한 황록색의, 외국인 같은 아름다운 눈이었다.

"중학생이지?"

"네에….."

방긋. 여성은 역시 예상대로였다는 듯이 웃었다. 온화한 얼굴인데 웃을 때는 즐거운 감정을 숨기지 않았다.

"3학년."

"어…? 뭐예요, 당신."

명함이나 마찬가지인 교복도 입지 않았는데 내 정체를 맞혔다. 그때마다 나를 구성하는 실을 술술 풀어내는 것 같은 감각이 들었는데, 절대 기분 좋은 감각은 아니었다.

"그냥 대학생일 뿐이에요~"

"…아, 그래요?"

어떤 사람이든 '그냥'이라고 평하기 힘든 옷차림과 두 눈이었다.

그 높은 머리를 올려다보기만 해도 연상이라는 건 절로 실감이 되었다.

"이른 아침부터 농구라니, 건강하네요."

"네에…."

왜 말을 걸었는가 하는, 가장 중요한 부분은 아직 전혀 알 수 없었다.

빌려 달라는 듯이 손바닥을 위로 향하고 있어, 잠시 뜸을 들였다가 공을 그 손 위에 올려 주었다. 전통복에 농구공. 미인. 미인은 관계없다. 전통복이라니, 우리 마을에서 어떤 사람이 입고 다닐까? 마을 안에 커다란 저택이 있는데 그 집안의 사람일까?

"농구공을 만져 보는 게 얼마 만일까."

퉁퉁, 경험이 없는 손놀림으로 공을 튕기면서 눈동냥으로 흉내 낸 듯한 슛 자세를 잡았다. 팔을 들어 올릴 때, 전통복의 소매가 팔꿈치에 걸리면서도 흘려내려 위팔까지 드러난 모습을 나는 무심코 눈으로 좇았다.

"예를 들자면 데이트 중에 문득 농구 골대와 공이 보여 이야기하다가 아무렇지도 않게 공을 들고 멋지게 숏을 성공시키는 모습."

"네에?"

전통복을 입은 여성이 던진 공은 직선으로 날아가 안쪽 보드에 강하게 맞고 튕겨서 되돌아왔다. 다급히 엉거주춤하게 공을 잡은 전통복을 입은 여성이 이마 앞으로 공을 올린 채 생긋 웃었다.

"그림이 되지 않아?"

"…전혀 안 되는데요."

사실은 잠깐 공을 들고 걷기만 해도 충분히 남들의 시선을 끌수 있을 듯했다. 작은 행동과 행동 사이사이에도 볼 만한 가치가 있는 모습을 자연스럽게 만들어 냈다.

외모가 훌륭한 여성은 그것만으로도 세상을 유리하게 살아갈수 있지 않을까?

"후우우…."

"갑자기 웬 한숨이에요?"

심지어 나를 가만히 바라보면서.

"노력해도 중학생하고는 친구가 되는 게 고작이라 슬퍼서."

"…무슨 의미인지 전혀."

"그래도, 그건 그거대로 나쁘지 않을지도?"

전통복을 입은 여성이 공을 돌려주었다. 그리고 자유로워진 손이 그 사람의 미소처럼 활짝 꽃을 피웠다.

"다음에 만나면 농구 가르쳐 줘. 그림이 되고 싶으니까."

작게 손을 흔드는 동작이 연상의 향기를 풍기면서도 귀엽게 보여 나는 깜짝 놀랐다.

공존이 가능하구나, 그런 요소들이… 같은 이상한 감상이 절로 나와 버렸다.

전통복을 입은 여성은 여름이 만들어 낸 습도 높은 포렴을 무시하듯이 가벼운 발걸음으로 떠나갔다. 작은 발소리와 올곧은 등을 멍하니 바라보았다. 이상한 여자가 말을 걸었네.

…이렇게 바라보며 배웅해도 괜찮은 걸까? 물론 괜찮기야 하겠지만… 괜찮나?

저 사람은 결국 대체 뭐였던 거지?

다음이고 뭐고, 보통은 다음에 만날 가능성은 없다. 나는 매일 이곳에 오지 않고 시간을 엄수하지도 않는다. 전통복을 입은 여성이 항상 이곳에 온다고 해도, 내가 오지 않으면 의미가 없다. 둘 중 한 명이 의식적으로 움직이지 않아선 다음번의 우연이 찾아올 리가 없다.

하지만 또 만날 수 있지 않을까 하는 생각이 들 만큼 인상적이기는 했다.

별로 오래 이야기하지 않았지만 그 존재감은 강렬했다.

겉모습에 더해서, 그 꽃향기가 머릿속에까지 나쁜 장난을 친

것만 같았다.

가공의 꽃의 꽃잎까지 머릿속에서 탐스럽게 피어난 듯했다.

또 오려나? 하고 아무도 없는 벤치를 슬쩍 쳐다보았다.

전통복에, 황록색 눈동자에, 미소에.

나와는 인연이 없는 요소가 보물처럼 가득 담긴 여성이었다.

이른 아침의 농구 골대에는 먼저 온 손님이 있었다.

"......................."

오는 사람도 오는 사람이지만, 여기 있는 사람도 있는 사람이다. 그런 말이 떠올랐다.

일부러는 아니거든? 자신의 머릿속을 향해 혀끝이 짧게 부정했다.

나는 단지 일찍 눈이 뜨여서, 우리 집 가족은 모두 자고 있으니, 소리를 내선 안 된다고 생각해 밖에 나왔다가 농구공을 집어들게 되어 그걸 살릴 수 있는 장소를 찾아 걸어왔을 뿐이다. 이틀 연속으로 일이 그렇게 됐을 뿐이다.

"아."

뒤돌아본 그 사람의 미소를 보니, 아침부터 나른한 여름의 공기가 잠시 확 사라진 기분이 들었다.

그런 기분이 들게 할 만큼 그곳에서는 상쾌함이 느껴졌다.

겉모습을 포함해 시원스러운 사람이라 그렇겠지. 환기가 잘된다. 구멍투성이인 건지도 모르지만.

이름도 모르는 전통복 차림의 여성이 자신의 농구공을 안고서 나에게 다가왔다.

"이 공은 어제 샀어."

"안 물어봤는데요…."

붙임성 좋은 성격이 정면으로 느껴지니 오히려 경계심이 생겼다.

"나도 팔꿈치 위가 어느덧 건강해졌어."

그 외에는? 발밑에서 어깨까지 관찰해 보니, 아무래도 움직이기 불편해 보이기는 했다.

"운동하는데 굳이 그런 차림으로 올 필요 없어 보이는데요."

이런 옷을 입을 수밖에 없는 집안의 사람일 가능성도 있었다. 그런 사람이 이런 시간에 농구 골대 주변을 어슬렁거리는 것도 이상한 이야기지만.

"이 차림은, 어쩔 수 없어. 여러 가지 사정이 있어서."

여성은 전통복의 소매를 붙잡고는 소개하듯이 펼치며 미소 지었다.

"이런 옷을 입고 여기에 와야만 하는 사정이 있거든. 이 전통복도 싫진 않지만, 무거워서 유카타가 더 좋긴 해."

"네에…."

"좋은 아침."

여성은 내 반응은 거의 신경 쓰지도 않고 온화한 목소리로 인사했다.

"안녕하세요…."

선생님들처럼, 바쁘게 이동해 스쳐 지나가는 사람들은… 뭐라고 형용해야 할까, 거리가 있는 어른. 멀리 보이는 건조물처럼 몇 년 전부터 그곳에 존재하는 경치라 올려다보기만 할 뿐… 고정되어 있다?

잘 표현하기는 힘들지만, 자신과는 관계없는 높은 곳에 존재하는 사람.

하지만 이 사람은 내가 까치발을 들면 바로 보이는… 연결된 사람이라고 하면 될까? 어른 같은 면이 고스란히 느껴지는 어른이라고 해야 하나? 동아리 활동의 선배보다도 훨씬, 어른스러움이 느껴지는 사람이었다.

"그러니까 숫하는 법 가르쳐 줘."

생글생글 웃으면서 여성이 공을 자랑하듯 높이 들어 올렸다. 아이와 어른의 표정이 휙휙 전환되니, 무심코 그 반응에 주목을 하게 되어 버린다. 감정이 풍부한 건지, 아니면 정서가 불안정한 건지.

"가르쳐 주고 싶어도, 저도 대충 던지고 있을 뿐인데요."

"그럼 네가 던지는 모습을 옆에서 보고 배울까?"

자, 던져 봐. 장소를 양보하듯 전통복을 입은 여성이 정중하게 뒤로 물러섰다. 가르쳐 준다고 약속한 적 없다고 생각하면서도, 나는 앞으로 나서 림을 올려다보았다. 평소대로 던지면 된다고 의식하자, 평소대로의 모습이 일그러져 갔다. 어쩌면 좋냐고 외치고 싶은 기분을 떨치고 점프했다.

어색함이 남은 상태로 팔꿈치가 쭉 펴지기 전에 던진 공은 당연하게도 림을 벗어나 보드에 맞고 튕겨 나왔다. 내가 주워야 하나 생각하며 나는 공을 향해 달렸다.

"다리를 어깨너비로 벌리고 팔꿈치를 높이 들어야 하는구나? 그 부분이 중요해 보여."

그런 자세를 보고 있었구나. 겸연쩍어진 나는 시선을 어디에 두어야 할지 몰랐다. 공을 회수해 돌아오자, 전통복을 입은 여성이 농구공을 손에 올리고 나를 맞이하듯이 미소를 지어 주었다.

"선생님, 그 외에 또 없을까요?"

선생님이라는 호칭에 옆구리가 근질거려서, 손목으로 옷 위의 그 부분을 문질렀다.

"그다음은… 몸에 하나의 무게 중심이 지난다는 이미지를 떠올리면 점프하기 쉬울 것 같아요…."

그 중심을 한가운데에 두고 똑바로 점프하면 된다. 만약 똑바로 점프하지 못하면 힘이 잘 전달되지 않는 듯했다. 방금 나처럼.

"알겠습니다, 선생님."

"선생님 아닌데요."

"알았다고! 중학생!"

아무리 그래도 너무 순식간에 전환하는 게 아닐까?

전통복을 입은 여성이 다리를 벌렸는데, 발밑을 보니 신발도 일본의 전통 게다였다. 아무리 봐도 운동을 위한 복장이 아니다. 하지만 공을 들고 자세만 잡아도 멋진 그림이 되었다. 전통복의 소매가 아래로 내려와 보이게 된 팔꿈치의 새하얀 살결에 나는 시선을 빼앗겼다.

매끈매끈할 것 같다.

건드리지도 않았는데 그 살결의 서늘한 온도를 감지할 수 있을 듯했다.

그 팔꿈치가 굽어서 힘을 모으곤 공을 던졌다.

공은 어제보다 똑바로 위로 날아가 림의 앞부분에 맞고는 투웅, 하고 튕겨 나왔다. 점프한 전통복 여성의 머리카락과 소매가 위아래로 움직이자, 누가 부채질을 한 것처럼 꽃향기가 나를 향해 대량으로 날아들어 숨이 턱 막힐 듯했다.

"림에 맞았어."

"그러네요…."

기쁘게 그런 소리를 하니, 이쪽이 제압을 당한 듯 반응이 얌전해졌다. 전통복을 입은 여성이 튕겨 나온 공을 주우러 가려고 팔을 흔들며 달렸다. 달리는 모습이 전혀 차분하지 않고 역동적이라 놀랐다.

여성은 주운 공을 럭비의 트라이를 하듯 벤치로 가져가 올려놓았다.

그리고 다리를 크게 돌리더니 그 회전을 이용해 그대로 곧장 벤치에 앉았다.

"얘기 좀 하지 않을래?"

"이야기… 할 이야기가 있나요?"

"없으면 내가 생각할게."

어머, 멋져라. 농담처럼 입속으로만 그렇게 말했다. 나도 공을 들고 전통복 차림의 여성 옆으로 갔다. 벤치에는 도저히 앉고 싶지 않아서, 지구와 달만큼의 거리감을 유지하며 주변을 걸었다.

"그러면 묻고 싶었던 건데, 왜 나한테 말을 걸었어요?"

"응~? 여자아이한테 말을 걸 때는 흑심 이외에는 별다른 이유가 없어."

지면을 게다 끝으로 스치듯이 차면서 여성은 선선한 목소리로 태연하게 말했다.

"…흑심?"

"하지만 너한테는 아무런 흑심도 없어. 건전해, 건전 그 자체야."

"무슨 얘기를 하는지 전혀. 살짝, 수준이 높은가? 낮은가?"

판단하기 어려웠다. 내가 난처해 하는 모습을 보더니 아주 좋아하는 음식을 발견했다는 듯이 전통복 차림의 여성이 덥석 물었다.

"아, 나는. 여고생을 아주 좋아하거든. 잘 부탁해."

마치 명함이라도 내밀 듯이 가슴에 손을 대고 여성이 자신을 소개했다.

음색과 표정 모두 산뜻했는데, 감촉이 다른 것이 있다면 사용한 명사뿐이었다.

"여, 고생?"

"응. 그리고 여중생한테는 전혀 흥미가 안 생겨. 그런 분별은 욕망의 뿌리에 각인되어 있는지, 참 듬직하더라고."

왜 이 여성이 자랑스러운 듯 눈을 가늘게 뜨고 웃으며 이런 이야기를 하는지 이해할 수 없었다.

여고생을 좋아하는 미인….

전통복. 꽃향기. 다정한 목소리.

부드럽다.

각종 요소가 가득해서 혼란스러워지려고 했다.

"여고생은 정말 좋아. 너도 내년이 되면 알게 될 거야."

"아뇨. 절대, 알 리가 없어요."

이 사람의 아주 좋아한다는 말은 어떠한 감정에서 유래한 것일까. 상상은 할 수 있어도 공감은 할 수 없었다. 내가 고등학생이 되면, 동급생인 여고생들을 반짝거리는 눈으로 보게 된다?

절대 그럴 일은 없었다.

나는 잘 이해가 안 되는 걸 그냥 내버려 두는 성격은 아니다.

하지만 여고생의 어디가 좋냐고 묻는 것도 왠지 정도에서 벗어날 듯해 무서웠다.

도대체가 그런 이야기를 숨기지 않고 당당히 하다니, 상식이 제대로 박혀 있긴 한가?

"저어, 그런 타입의…? 사람이군요?"

어떻게 말해야 할지, 적당한 말이 떠오르지 않았다. 여고생을 좋아한다는 말을 액면 그대로 보면 위험한 냄새가 나는데, 단순한 편견인 걸까? 편견은 좋지 않다. 하지만… 이걸 편견이라 할 수 있는지 좀 고민스러워졌다.

"응, 맞아. 여고생 전문."

"전문…."

전문? 분야가 있구나. 뇌가 앞으로 사용하지 않을 지식을 얻어 부루퉁해졌다.

"하지만 그것과는 별도로, 여자아이랑 이야기하면 마음이 채워지기도 하더라고."

그치? 하고 동의를 구하는 시선에, 나는 어떻게 반응하면 좋을지 몰라 눈이 공중을 떠돌며 답을 찾으려 했다. 사람한테도 농구 골대가 있으면 좋을 텐데. 타인과의 대화는 골대가 전혀 보이지 않으니 생각할 일이 너무 많아, 마지막에는 귀찮다며 대자로 누워 버리고 싶은 심정을 느끼고 만다.

"너는 귀여우니 앞으로도 분명 많은 사람이 주목할 거고 접근할 거야. 나도 그중의 한 명인지도 몰라. 그런 사람들한테 적절히 영양분을 섭취할 수 있게 된다면 인생도 편해지겠지. 그런 점에서 나도 여고생에만 의존하지 않으려고 노력하고 있어."

"........................."

마지막은 눈을 반짝이며 먼 곳을 보고 할 이야기가 아니라는 것 이외에는 이해할 수 없었지만, 그보다도.

자연스럽게 귀엽다는 말을 들었다.

할퀴고 간 자국으로서는 그게 제일 깊었다.

불지도 않은 바람이 뺨을 간질인 기분이 들어서, 어정버정, 침착하게 있을 수가 없었다.

"이렇게 보니 골대는 높기도 하고 멀기도 하네."

벤치에 앉은 채, 전통복을 입은 여성이 손으로 그늘을 만들 듯이 이마에 손을 댔다.

나보다 키가 큰 이 사람이라도 그렇게 느껴지는구나, 하고 그 시선의 끝을 보며 생각했다.

"하지만 그 정도는 돼야 보람이 있는 법인가. 좋아."

벤치를 밀어내며 공을 든 전통복 차림의 여성이 일어섰다. 그리고 골대가 아니라 시가지 방향으로 움직이는 모습을 보고서야 돌아갈 셈이라는 사실을 눈치챘다.

벌써 돌아가요? '벌써'라는 말이 어느 기준에서 왔는지 알 수가 없어 나는 입을 꾹 다물었다.

전통복 차림의 여성은 그런 내 반응을 꿰뚫어 보고 있다는 듯, 팔짱을 끼어 팔을 숨기고는 곁눈질로 나를 보며 웃었다.

"널 만났으니 만족했거든."

"네? ……네에?"

"응. 바로 그 얼굴을 봤으니까."

전통복 차림의 여성이 웃고 있는 지금, 나는 어떤 표정을 짓고 있는 걸까.

"네가 없을 때도 꼭 연습해 둘게. 그리고 조만간 대결을 해 보자."

"대결?"

"자유투면 되려나? 그런 대결. 안녕, 또 보자."

보자기를 재빨리 접듯이 작별은 무덤덤하게 순식간에 끝났다. 튕기는 공을 따라 좌우로 마구 움직이면서, 전통복 차림의 여성이 즐겁게 걸어가는 모습을 나는 멍한 모습으로 바라보며 배웅했다.

발톱 끝에서 정수리에 이르기까지, 계속 꿈속이었다고 하더라도 받아들일 수 있을 듯한 별세계 여성이었다.

"…또?"

또라니. 그럴 리 없다고 생각하지만 두 번 있었던 일은 세 번도 있을 수 있다고 하니, 자꾸만 그런 의식을 하게 될 것만 같았다.

내일 오면 또 전통복을 입은 여성이랑 만나게 될까?

잘 아는 사람이 아니지만, 한눈에 절로 느껴질 만큼 표정은 다정했다.

어떤 감정이 바탕에 있기에 그런 다정함이 만들어진 걸까. 원천을 들여다보고 싶지만, 들여다봤다간 저 깊은 곳에 있는 무언가와 눈이 마주쳐 돌아오지 못할 듯한. 호기심과 공포가 공을 빼앗으려고 함께 마구 날뛰고 있었다.

서서히 손가락 뿌리에 솟구쳐 오는 그 느낌은, 별로 기분이 좋다고는 할 수 없었다.

다음 날은 아침이 한창일 때 눈을 떴다. 베개 곁의 시계로 시간을 확인하고 몸을 뒤척이다가 벌떡 일어났다. 일반적으로 건전한 기상 시간이긴 했다. 잠을 자지 않은 것처럼 머리는 이미 상쾌했는데, 오히려 그게 찝찝하게 느껴졌다.

서둘러야 할 일은 아무것도 없는데.

환한 커튼 너머를 올려다보면서, 이런 시간에는 가 봐야 없을지도 모른다고 생각한 뒤, 스스로도 놀랄 만큼 미안한 감정이라고 할지 왠지 개운하지 않은 기분에 빠져, 이래선 안 되겠다며 가슴 부근에서 주먹을 꼭 쥐고 등을 굽혔다.

친숙해지면 영향이 길게 남는다.

그런 예감이 들어, 그런 생각을 떠올리며, 눈을 감았다.

내일부터는 가지 말자. 그렇게 생각했다.

"가지 말자고 했는데도 눈이 저절로 떠지네."

초등학교 여름방학에는 아무렇지 않게 계속 잠만 자서 엄마가 깨우러 왔는데, 중학생이 된 이후로는 여름이 올 때마다 더위에 패배하고 있다는 기분마저 들었다. 신경이 밖으로 너무 많이 드러나, 여러 가지 사안에 민감해졌을 뿐인지도 모른다.

어제의 실패라도 반성하듯이 얕은 잠에서 깨어 보니 조용한 밤의 끝자락이었다. 날이 밝기도 전에 의식이 지표면에서 기어 나오려고 했다. 나오지 마! 라고 말하듯 머리를 꾹 눌렀다.

가지 않기로 결정했으니, 일어나 봐야 의미가 없다. 한 번 더 이불 위로 쓰러졌다. 눈을 감고 매미가 울기 시작하는 시간까지 자자. 그러자고 했는데 눈꺼풀 안의 눈알이 그곳에 있다고 주장하듯이 무거웠다. 잠에서 깬 상황과는 또 다른 끈질긴 감각이었다.

단 두 번 만났을 뿐인 모르는 어른. 왠지는 몰라도 100번을 만나도 계속 모르는 사람일 듯한, 그런 성인 여성. 외모도 외모지만, 무엇보다도 두르고 있는 향기가 코를 지나 머릿속을 가득 채우고 있는 것 같았다.

이대로 매일 만나러 가기엔 좀 거부감이 들었다. 뭐가 싫어서 그럴까? 혐오감이 존재하는 건 확실한데, 그 형태는 종잡을 수가 없었다. 표면을 아무리 쓰다듬어 봐도 그 형태가 무엇인지는 말하기 힘든 이 답답함. 고민을 하기만 해도 피부가 끈적해질 듯했다.

개운하지 않아서 눈을 감은 채 머리를 긁었다. 메마른 머리카락이 손끝을 가볍게 찢어 버리는 듯한 착각이 들었다.

평소에는 전혀 다른 생각을 하며 그냥 고개를 숙이고 있는데, 지금은 그 전통복을 입은 여성만 계속 떠올랐다. 싫다, 싫어. 그렇게 또 뺨 안쪽을 감정이 스치고 지나갔다. 쓴맛이 난다. 이른 아침부터 후텁지근하기까지 해서 불쾌함만이 샘솟았다. 해소하는 방법은 그 여성이랑 만나는 것뿐이겠지.

만나면 일시적으로는 해소된다.

위험한 약물 같은 여자다. 그런 생각에 슬쩍 웃고 말았다.

웃음소리가 새어 나와 살짝 눈을 떴다가.

흠칫했다.

옆 이불에서 자고 있던 여동생이 눈을 껌뻑이며 가만히 나를 바라보고 있었다.

"어? 아… 깨웠어?"

초등학생이 된 이후로 이불을 따로 덮고 자게 된 여동생. 하지만 가끔 내 이불 속으로 들어오기도 한다. 오늘은 내 이불로 들어오지 않은 대신, 나를 가만히 쳐다보며 어린 시선을 쏟아 내고 있었다.

"언니, 어디 가게?"

"응?"

"아침에 어디론가 갔잖아…."

눈치챘었구나. 나는 조금 놀랐다.

"그냥… 산책했어."

"산책할 거면 언니랑 같이 갈래."

"뭐어?"

"나도 갈래."

"너 정말….'

"뭐 어때. 가끔은 같이 놀아 줘."

어둑어둑한 복도에서 갑자기 목소리가 들려 나는 펄쩍 뛸 뻔했다.

이어서 방의 문이 열렸다.

엄마가 팔짱을 끼고 서 있었다.

"화장실 갔다가 돌아가는 길이야. 목소리가 들려서 몰래 와 봤어."

"아, 그래…?"

"그래서? 우리 따님은 아침부터 어딜 그렇게 다녀? 남친? 남자야? 밀회였어~?"

"바보 같은 소릴."

옆으로 돌아, 혀가 튕겨서 안으로 들어가려는 걸 꾹 참았다.

"혹시 지금 혀를 차려고 했어?"

"짜증 나게."

"흥. 그거야 이미 다 알고 있었어."

참 나. 자제할 생각도 없는지, 엄마는 심지어 웃고 있었다. 옆구리를 찔러 오는 저 모습이 정말 성가셨다.

"아휴. 예전에는 귀여웠는데."

"아, 그러셔? 지금은 안 귀엽다는 말이구나?"

"응. 못난 얼굴이야."

너무 거리낌 없고 배려 없는 말투에 나는 할 말을 잃었다.

핏기가 얼굴 아래로 자유낙하하는 바람에 그 온도 차이로 인해 오한까지 났다.

"앗, 화난 얼굴은 좀 귀여운걸?"

팔의 혈관을 타고 거품이 흘러갔다. 그 거품이 손끝을 떨리게 만들었다.

"시끄러워…."

진짜! 하고 이어지는 고함을 어금니를 꽉 물어 참았다.

바닥을 쿵쿵 밟고 싶은 충동을 참는 건 정말, 정말로 힘들었다. 핼쑥해져서 그 자리에 쓰러질지도 모를 만큼의 에너지가 필요했다. 소리치고, 얼굴을 쥐어뜯으며 계속 고함을 지르고 싶을 만큼 모든 것이 짜증스러웠다. 그래도 그렇게 하지 않은 이유는 옆에 여동생이 있었기 때문이다.

위장이 뜨거운 상태였지만, 이제 엄마를 무시하기로 하고 현관으로 나갔다.

갈 생각은 없었다. 하지만 이곳에 있고 싶지 않았다.

여동생도 종종걸음으로 따라왔다.

"……………………."

여기서 여동생을 설득할 기력이 없어서, 나는 옆에다 작은 신발을 가지런히 놓아 주었다.

"조심해서 다녀오렴."

"…………응."

양배추의 끝을 깨물어 먹는 소리만큼이나 작은 대답밖에 나오지 않았다.

어린 여동생을 데리고 아직 조용한 마을에 녹아들 듯이 걸었다. 맞잡은 여동생의 손이 이따금 꼬물꼬물 움직여서 간지러웠다.

"꽤 걸을 거야."

"난 산책 좋아해."

"그렇구나."

여동생에게 강하게 나가 봐야 의미가 없다는 건 알고 있으니,

나도 그 정도는 착실한 사람이라고 믿고 싶었다.

평소에 걷던 길을 평소보다 훨씬 천천히 걸었다. 여동생의 손을 쥔 손이 땀으로 미끄러워졌을 즈음 나선 형태의 다리를 내려가, 있으면 있는 대로 상관없다는 심정으로 마음을 다잡으며 상황을 살폈다.

밤의 여운이 낮은 듯한 어둠.

벤치에도 골대 아래에도 그 사람의 모습은 없었다.

그것을 확인하자 찾아온 빈 상자 같은 기분은 어디에 장식하면 좋은 걸까.

"농구 했었구나?"

여동생을 골대 아래까지 데리고 가자 림을 향해 작게 점프했다. 한쪽만 묶은 머리카락이 크게 위아래로 움직이는 모습을 보니, 굳어 가기 시작했던 분노의 표면이 부슬부슬 무너져 내리는 듯했다.

같이 놀다니, 여동생이랑 농구공으로 뭘 하면 되지?

아무리 나라지만, 여동생과 진심으로 대결해서 물리치겠다는 생각은 하지 않는다.

"…응."

여동생을 안아 올렸다.

"와앗!"

높이를 확보한 다음, 여동생의 작은 손에 공을 건네주었다.

"바운드, 바운드 할래."

"오~ 좋아."

말한 대로 여동생이 공을 지면에다 던졌다. 그리고 튕겨서 올라온 공을 높이와 위치를 조정해 손으로 다시 받을 수 있게 도와주었다. 양손으로 공을 타악 치니 생각보다 많이 튕겨 되돌아왔다. 생각보다 힘이 세서 지금까지 작은 몸집을 너무 얕봤다는 걸 깨달았다.

그런 식으로 여동생의 높은 드리블을 도우며 공을 쫓아다녔다. 드리블을 하는 힘을 봐도 알 수 있듯이, 여동생의 몸이 점점 커지고 있다는 사실을 안아 올린 이 무게를 통해 실감했다. 처음에는 발걸음 가볍게 교차하며 이리 가고 저리 가고 했었는데, 점차 숨이 차오르기 시작했다.

어차피 아무도 안 볼 테니 숨을 거칠게 헉헉 쉬고 있는데 손과 지면을 오가는 공의 사이에서 시선이 느껴졌다. 뒤로 돌아선 나는 이마에 떠오른 땀이 흘러내려 눈 가장자리에 스며드는데도 그 시선을 찾았다.

벤치에 앉아 있는 전통복 차림의 여성이 평소처럼 생글거리고 있었다.

"언제…."

"방금."

전통복을 입은 여성이 자리에서 일어서 우리를 향해 걸어왔다. 품 안에 있던 여동생이 살짝 경계하듯이 나에게 몸을 기댔다. 구두와는 다른 발소리가 단아하게, 하지만 똑바로 우리를 향해 다가왔다.

"좋은 아침. 네… 여동생이야?"

몸을 움츠리고 조심스럽게 올려다보는 여동생을 보고 전통복을 입은 여성이 미소 지었다.

"한창 귀여울 나이구나."

"언니, 누구야…?"

여동생이 작은 목소리로 물었다. 누구냐고 물어봐도 말이지, 나도 뭐라 대답하면 좋을지 모르겠어. 여동생아.

"언니의… 친구."

제일 알기 쉽고, 무난한 대답을 꾸며냈다.

"나는 있지, 지금 네 언니에게 농구를 배우고 있어."

그러면서 전통복을 입은 여성은 살짝 무릎을 굽혀 여동생과 시선의 높이를 맞췄다.

"꼬마 아가씨, 이런 것밖에 없지만 괜찮으면 줄게."

전통복을 입은 여성이 소맷자락에서 작은 주머니를 꺼내 여동생에게 내밀었다.

"뭔데?"

"비둘기한테 주려고 가져온 콩."

"…정말 이런 것밖에 없어?"

"아하하하."

소리가 높다랗게 울려 퍼지는 기분 좋은 웃음소리였다.

"비둘기 없는데?"

여동생이 타일 모양의 지면을 두리번거리며 확인했다.

"먹이를 계속 주면 이곳에 머물러 버리니까, 적당한 장소와 상대를 골라서 줘야 해."

그럼 왜 준 건데?

여동생한테는 아직 어려운 이야기인지, 여동생은 어쩌면 좋을지 모르겠다는 표정을 지으며 콩 주머니를 꼬옥 쥐었다.

"비둘기가 없을 때는 난 이렇게 해."

주머니의 끈을 풀더니 전통복을 입은 여성이 건조시킨 콩을 자신의 입에 넣었다. 오독오독, 기분 좋은 소리가 입술 너머에서 들려왔다. 먹었다. 내가 눈을 휘둥그렇게 뜨고 보는데, 여동생도 그 모습을 따라 하듯이 콩을 입에 넣었다.

"앗, 잠깐."

"괜찮아~"

전통복을 입은 여성… 아니, 비둘기 여자가 태연하게 콩을 삼켰다. 여동생도 처음에는 열심히 씹었지만, 점점 눈썹이 중앙으로 모여들었다.

"거의 아무 맛도 안 나."

"그치~?"

만족스럽게 웃으면서 전통복을 입은 여성이 콩 한 알을 또 집어 입에 던져 넣었다.

"먹을래?"

혼자 입이 한가해 보이는 나에게 전통복을 입은 여성이 물었다.

"괜찮아요."

"음, 음."

어떻게 대답했어도 이렇게 고개를 끄덕였을 거라고 생각될 만큼, 고개의 움직임이 매우 건성건성이었다.

"꽃향기가 나."

스읍스읍 하고 귀엽게 움직이는 여동생의 코에 전통복 차림의 여성이 얼굴을 가까이 댔다. 여동생은 다가오는 그 모습에 깜짝 놀라 어깨를 들썩이면서도 냄새가 어디서 나는지 눈치챈 듯했다.

"꽃잎 언니."

여동생이 그렇게 이름을 지어 버렸다.

"그거 괜찮은걸?"

전통복 차림의 여성은 빈말이 아니라 정말 기쁜 듯이 뺨을 누그러뜨렸다.

"여기서 꽃을 꺼낼 수 있다면 좋을 텐데, 이런 것밖에 없어."

"아직도 있었어?!"

콩 주머니를 하나 더 꺼내는 전통복 차림의 여성을 보고 여동생이 뺨을 누그러뜨렸다. 헤죽, 하고 환하게 웃었다.

통한 모양이다.

"콩 주머니 언니야!"

"음~ 꽃잎 언니가 더 좋은걸? 그 별명으로 불러 줘."

전통복을 입은 여성의 부탁하는 듯한 목소리와 서로 맞댄 손바닥을 보고 여동생은 여전히 웃고 있었다. 나야 어쨌든, 얌전한 여동생까지 같은 물에 녹아들 듯이 친근하게 굴 줄은 몰랐다. 그것도 순식간에.

고운 외모에 살짝 천진난만함을 섞어 보여 준 게 멋진 실마리가 된 것일까?

…기왕에 있으니, 부탁할까?

"저어, 잠깐 여동생 좀 돌봐 주실 수 있을까요?"

팔도 힘들고. 안고 있어선 내가 연습을 할 수 없다.

하지만 그 말을 들은 순간, 전통복 차림의 여성이 조금 강한 말투로 말했다.

"안 되지. 무슨 소리야?"

설교라도 하려는 듯이 허리에 손을 올렸다.

"조금 이야기해 봤을 뿐인 사람인데, 아무리 겉모습이 좋아 보인다지만 여동생을 맡기려 하다니 안 될 말이잖아?"

"으…."

지금까지와 마찬가지로 잘 정돈된 목소리에, 언동까지 갑자기 정상이 되니 더욱 설득력이 강해졌다.

"알겠어? 그렇게 쉽게 사람을 믿어선 안 돼. 소중한 여동생이라면 네가 옆에서 손을 잡고 지켜 줘야. 변태 같은 사람은 겉모습을 잘 갖추고 대상을 물색하는 법이거든."

"혹시 변태예요?"

음~ 전통복 차림의 여성이 심각한 문제와 마주한 사람처럼 눈을 이리저리 움직였다.

"물론 그런 때도 있긴 하지."

"평범한 사람에겐 그럴 일 없는데."

평범하게 보이진 않지만.

"나는 뭐 그렇다 치고, 여동생은 소중하게 잘 돌봐야지. 나는 괜찮을지도 모르지만."

"여동생 있어요?"

"글쎄?"

경박하게 고개를 숙이자, 크게 기울어진 눈이 하늘을 포착했다. 입술은 반달처럼 일그러뜨려 웃고 있는데… 뭐야, 이 사람 진짜. 하지만 하려고 하는 말은 맞는 말이고, 신기하게도 그 말에는 반발심이 생기지 않았다. 목소리에 전혀 가시 돋친 데가 없어서 그럴까?

하지만 가시 돋친 데가 없다는 말은 곧 선명한 감촉이 없는 종잡을 수 없는 말이라는 뜻이기도 하다.

"있으면 소중하게 대할까? 하는 생각은 했어. 네 덕분에."

"덕분이라니…."

난 아무것도 안 했는데.

"너처럼 그렇게 여동생을 소중하게 생각하는 모습이, 참 좋아 보였으니까."

소중하게 생각하는… 모습처럼 보이는구나? 하며 나는 품속의 여동생을 내려다보았다. 이러면서도 실제로는 소중하게 생각하지 않는다는 본심을 품고 있을 만큼 나는 복잡한 인간이 아니다. 단순한 인간이다. 모든 면에서.

"그러니까 여동생이랑 같이 놀아 줘."

전통복 차림의 여성이 여동생과 눈을 맞추고는 온화하게 웃었다.

"너도 언니랑 놀고 싶지?"

"…응."

답 맞추기를 끝내고 전통복을 입은 여성이 싱글싱글하며 나를 올려다보았다. 그리고 갑자기 방긋 이를 드러냈다.

"하지만 나만 혼자 방치돼 있으면 심심하니 같이 노는 걸로 손을 맞추자!"

"누구랑 손을 맞춘다는 건지."

"나야!"

짜~악! 전통복을 입은 여성이 여동생과 손을 맞부딪치며 분위기를 띄웠다. 낯을 가리는 여동생이 이런 일에 맞춰 주고, 헤죽 웃는 모습을 품 안에서 확인한 나는 오히려 여성을 슬쩍 경계했다.

이 사람은 사람의 마음에 잘 파고드는 성격인 듯했다. 이리저리 의식을 뒤흔들어 긴장이 풀린 틈에 훅 내면으로 다가온다. 그건 뛰어난 용모, 웃는 얼굴의 연출법, 목소리의 강약과 언어 선택 등과 같은 다양한 요소가 적절히 작용하기 때문이겠지. 그리고 의도적으로 그러는 건지, 단지 우연이 맞물린 것인지에 따라 얼마나 무시무시한 사람인지가 달라질 듯했다.

"뭐 하고 놀까? 난 모습이 이런 만큼 공기놀이가 특기야. 지금은 공기가 없지만."

"공기?"

"앗, 먼저 그것부터 설명해야 하는구나? 세대 차이가 느껴지네."

전통복을 입은 여성이 재촉하듯이 우리에게 손을 내밀었다. 위를 향한 손바닥을 가만히 보다가 공을 건네주었다. 오늘 전통복 차림의 여성은 공을 가져오지 않은 듯했다. 몸을 숙인 전통복 차림의 여성이 그 공을 퉁퉁, 퉁퉁, 하고 빠르게 튕겼다. 그리고 과시하듯이 여동생을 보고 의기양양하게 히죽 웃었다.

열심히 하긴 했지만 이건 공기놀이가 아니라 일본의 전통 공놀이가 아닐까?

후후후. 의기양양한 전통복 차림의 여성에게 낚여 여동생도 손을 내밀었다. 여동생에게 공을 건네줬더니 전통복을 입은 여성이 나에게 다가와 가볍게 어깨를 두드렸다.

"자, 언니가 가르쳐 주지?"

혹사한 오른손을 흔들면서 교대하자는 듯이 전통복 차림의 여성이 뒤로 물러섰다.

"언니."

여동생이 부르는 소리가 들렸다. 더 어렸을 적, 나는 이 목소리가 들리면 항상 뛰어갔다.

언니라는 말이 기뻤으니까.

"…드리블은, 이렇게… 처음에는 천천히…."

여동생이 가르쳐 준 대로 공을 튕기는 모습을 얼마간 거리가 떨어진 곳에서 지켜봤다. 그 옆에 빛과 그림자가 달라붙은 것처럼 쭉 늘어났다. 밝은 표정의 여성한테서 뻗어 나온 연한 그림자는 가볍게 나를 모두 뒤덮었다.

그 그림자가 시작되는 부분을 가만히 바라보는데 "왜?" 하는 다정한 목소리가 들려왔다.

"키가… 커서 보고 있었어요."

발밑을.

"아, 그럴지도? 하지만 넌 중학생이니 아직 더 클 거야."

"이제 중학생으로 지낼 수 있는 시간도 별로 안 남았지만요."

"좋은 일이네."

"네?"

"아냐아냐. 하하하하."

굳이 어물쩍 넘어갈 일도 아니라는 듯이 웃으며 받아넘겼다.

"넌 3학년이니까 이제 동아리 활동은 안 하지?"

"네."

지금도 어떻게 내가 중학생이고 3학년인지 알아냈는가는 수수께끼였다.

"마지막 대회 어땠어? 만족했어?"

갑자기 친척처럼 거리감이 느껴지지 않는 질문을 해서 당황스러웠다. 만족이고 뭐고 하는 생각에 시선을 피했다.

"난 시합에 안 나갔으니 별로…."

"그러니? 넌… 그러네. 선생님이 별로 좋아할 만한 학생은 아닐지도 몰라."

이쪽은 일부러 숨겼는데 바로 들켰다. 마치 그런 화제로 몰고 가기 위해서 동아리 이야기를 꺼낸 게 아닐까 의심이 될 만큼.

"선생님은 관계없죠."

"있다고 생각하는데?"

"재능이 있어 실력이 좋았다면, 그러든 말든 순서가 돌아왔을 테니까요."

나의 그런 의견을 듣고 전통복 차림의 여성이 눈을 가늘게 뜨며 절로 어른이 아이를 내려다보는 듯한 미소를 지었다.

"젊구나? 오히려 듬직하다는 생각이 들 만큼."

"…바보 취급하는 건가요?"

"눈이 부셔서 그럴 뿐이야."

여성은 내가 반감에 손을 뻗으려고 하면, 틈을 주지 않고 다른 화제를 꺼내 나를 견제했다.

"넌 재능을 자신에게서나, 혹은 다른 사람에게서 느껴 본 적 있어?"

"…모르겠어요."

그런 재능을 강렬하게 느끼지 못한다는 것 자체가, 재능이 없다는 증거일지도 모른다.

"…재능이 뭔데요?"

반대로 질문했다. 목이 아플 정도의 각도에 존재하는 어른은 내 질문에도 바로 대답했다.

"재능이 있다는 건 배우지 않은 일도 할 수 있다는 것일까?"

드리블이 약간 안정된 여동생에게 전통복 차림의 여성이 손을 흔들었다.

"다양한 사람들을 봐 왔는데, 나는 그런 결론을 얻었어. 뭐라고 할까… 처음부터 답을 알고 태어난 듯한 사람이 가끔 있거든."

"흐~응."

선망의 감정 없이 그런 말을 한 전통복 차림의 여성이 곧장 장난스러운 음색으로 말했다.

"그래서 나도 어떤 의미론 재능이 있을지도 모른다고 가끔 생각한답니다."

하하하. 가볍기만 한 웃음소리가 내 살결을 진동시켰다.

"무슨 재능요?"

"글쎄~? 여자아이가 부득, 부드러운 마음이 되도록 만드는 재능."

"그게 뭐야….."

그런 말을 자주 쓰지 않는지, 부드러운이라는 부분에서 혀가 꼬여 버린 모습이 우스웠다.

옷차림은 철저하고 야무진데, 발걸음과 기척은 가볍게 나에게서 멀어져 간다. 나타날 때도 그렇지만 사라질 때도 그렇듯 경쾌하게 떠나갈 것만 같았다.

"저어."

"응?"

여동생 앞을 가로막듯이 활짝 팔을 벌리고 선 전통복 차림의 여성이 그 자세로 나를 돌아보았다.

"저는… 못생겼나요?"

어떤 표정으로 지금 그런 질문을 했을까?

아직 희미한 새벽녘이 눈부시다는 듯이 고개를 숙이고 있다는 건 알고 있지만.

"귀여워. 무척."

아무런 수줍음도 없이 부드럽게 단언했다.

그 말은 아침 해처럼 내 뺨을 진하게 화장해 주었다.

"반에서 세 번째 정도는 될 만큼 귀여워!"

"와~아…."

생각보다 훨씬 상위권이었지만, 그렇다고 무작정 으스대기에
는 꺼림칙한 위치였다.

나에게 귀엽다고 대놓고 말해 주는 사람은 이 전통복을 입은
여성뿐이다.

제일 가까이에서 얼굴을 봐 온 엄마는 나를 못난 얼굴이라고
단언한다. 어느 쪽을 믿을지를 고려하면, 이건 역시 그러고 싶지
않지만 엄마를 믿을 수밖에 없다.

그렇다면 이 사람은 거짓말을 하는 걸까?

조금 생각해 보다가, 그럴 리가 없다는 걸 깨달았다.

그건 틀림없이, 엄마와 이 사람에게 보여 주는 표정이 다르기
때문이라고 생각했다.

"언니, 안아 줘…."

"팔 힘든데."

그래도 안아 줬다.

돌아가는 길에도 여동생을 안고 나선형 다리를 올라가 세상을 물들이는 아침 해와 경쟁하며 땀범벅이 되었다. 감정의 문제가 아니라, 여동생을 다리 아래까지 데리고 가고 싶지 않았던 이유를 깨달았다. 다음에는 근처 공원으로 가자.

샤워를 하자고 계획을 세우며 집 열쇠를 찾았다.

"그 언니 일은 엄마한테 비밀로 해 줘."

그리고 집에 들어가기 전에 여동생에게 부드럽게 못을 박아 두었다.

"어째서?"

"그 사람은 비밀 언니니까."

대충 생각나서 한 표현이지만, 의외로 본질을 포착한 말 같았다.

쉿~ 검지를 입술에 대고 얼굴을 가까이 가져가자 여동생이 "오오!" 하면서 눈을 반짝였다. 원만하게 잘 구워삶는 데 성공한 듯했다. 수상한 어른을 만났다고 말해 봐야 일만 귀찮아질 뿐이다. 더는 엄마랑 하는 시시한 싸움을 더 늘어나게 하고 싶지 않았다.

"또 놀자, 언니."

"으, 응….."

어느 쪽 언니한테 하는 말인지 몰라 애매모호하게 대답했다.

전통복을 입은 여성, 전통복 차림의 언니. 이름은 모른다. 어디서 왔는지도 모른다. 알고 있는 것이라고는 상대에게 엄청난 타격을 줄 만큼 예쁘고, 모든 채비를 갖추고 상대를 기다리는 사람처럼 말과 행동이 부드럽고, 전통복의 문양이 진짜 꽃이 아닐까 할 만큼 꽃향기에 휩싸인 사람이라는 것.

내 인생과 이 마을이 연결된 세상에서 살아가는 사람이라고는 믿을 수 없을 만큼, 내 주변에는 좀처럼 없을 생물.

한눈에 알아볼 만큼 진귀하고, 그리고 아름다운 나비를 발견한 듯한 기분이었다.

그런데 예상과는 달리 가기가 힘들어졌다.

놔두지도 않은 자명종이 기능을 발휘하듯이 아침에 눈은 떠졌지만 여동생의 다리도 이불 속에서 굼실굼실 움직이는 모습을 보고 일어나길 포기했다.

"언니…?"

졸린 듯한 여동생의 목소리를 듣고 시치미를 뗐다.

"…오늘은 잘래."

여동생한테도 더 자라고 말했다. 여동생이 크림이 녹아내리듯 천천히 또 잠에 빠져들었다. 그 모습을 지켜본 나도 몸을 뒤척인 뒤 눈을 감았다. 어디로 도망쳐도 깔아 둔 담요가 뜨거워졌다.

진흙 속에서 허우적거리고 있는 듯했다.

그렇게 잠들지 못하는 시간에 문득 생각한 사람이 옛날 친구였다.

타루미. 초등학교 시절에는 정말로 앞으로 매일 얼굴을 보며 살아갈 친구라고 생각했다. 그런데 중학생이 되어 반이 달라지자, 그 이후로는 왠지 모르게 서로 소원해지고 말았다.

지금은 학교 복도에서 서로 스쳐 지나가는지 아닌지조차도 알수 없다. 친구란 다 그렇다고 말한다면 그럴지도 모르지만, 당연했던 일도 관심을 가지지 않으면 당연하지 않은 일이 되어 버린다. 그리고 바라보고 있어도 언젠가는 풍화되어 간다. 그래선 방법이 없지 않은가 하고, 최근에 깨닫게 되었다.

친구라고 하니 생각나는데, 시골 할아버지 할머니 댁에 사는 곤도 그렇다. 그 약해진 상태를 숨길 수 없는 모습을 최근에 보고야 말았다. 나이가 들어 움직임이 둔해진 곤은 나를 따라오는 것만 해도 힘들어 보였다.

그 모습을 본 뒤로 나는 초조했다. 속이 탔다. 불안정해졌다.

위장이 울 듯이 계속 아팠다.

그 뒤를 이어 다른 일도 떠올랐다.

초등학교 때의 통학로에는 큰 개를 키우는 집이 있었다. 집단으로 등교하는 아이들의 커다란 흐름이 그 집 앞을 지나가면 항상 개가 집 밖으로 나와 앉아 있었다.

개는 그 옆을 지나가는 많은 아이들의 인사를 받았다. 나도 당연히 항상 생글거리며 말을 걸었다. 그런데 어느 날, '그 개는 다음 집으로 이사를 갔습니다. 얘들아, 지금까지 고마웠어'라는 벽보가 집의 담벼락에 붙어 있었다. 개의 사진까지 붙여서, 마치 정말로 개가 그런 인사를 한 것처럼 잘 연출해 두었다. 당시의 나는 단지 아쉽기만 했었는데, 지금은 그게 무엇을 의미하는지 잘 안다.

곤은 어디로 가게 될까.

대답을 발견할 수 없는 질문을 하자, 눈꺼풀 속에서 하얀 선이 지나갔다. 별똥별처럼 궤적을 남기며 사라져 가는 그걸 바라보고 있으니, 어느새 의식이 가라앉아 가는 느낌이 들었다.

아아, 무서운 일에서 도망친 거구나. 그렇게 생각했다.

요즘엔 그런 일들뿐이다.

앞날만 생각해선 움직일 수가 없으니, 억지로 지금을 보기로 했다.

여동생은 자고 있었다. 잘 자는 건 착한 아이라는 증거다. 푹 자고 있을까? 잠시 바라보니 힘차게 숨을 쉬면서 자고 있어, 나는 바로 얇은 담요 밖으로 빠져나갔다.

여동생을 밖으로 데리고 나가면 아무래도 자꾸만 신경 쓰게 되고 지친다. 가끔은 괜찮지만 매번 같이 가기는 힘들다. 깨우지 않도록 방 밖으로 나가, 엄마는 또 일어나 있나 의식하면서도 침실 앞을 지나 현관에서 신발을 신었다. 매번 뻗친 머리도 안 고치고 잠에서 일어난 얼굴 그대로 갔었구나. 왜 그런지는 몰라도 새삼스럽게 그런 자신의 모습을 의식하고 말았다.

마지막으로 여동생과 함께 간 지, 5일 뒤의 일이었다.

5일의 공백이 있으면, 친구가 그냥 얼굴을 알고 있을 뿐인 다른 반 아이가 된다. 그 전통복 차림의 여성도 더는 오지 않을지도 모른다. 별로 상관없지만. 그렇게 중얼거리며 농구공을 들고 달려서 그 장소를 향해 갔다. 준비 운동도 하지 않았고 가벼운 조깅 수준이라고는 하지만, 달리기 시작하자 온몸의 체온이 서서히 상승하면서 잠기운에 안개가 낀 듯했던 정신도 맑아져 갔다.

나선형 다리를 달려 내려가는 건 처음인지도 모른다. 가속할 때마다 벽 너머로 보이던 빌딩이 벽에 가려졌다. 평소보다는 기온이 낮아서 그런지, 헐떡일 듯한 더위는 몸을 휘감지 않았다.

몸이 가벼우니 괜히 무슨 일이든 다 잘될 듯한 착각에 빠져들었다.

다리를 내려가 곧장 잔달음으로 달려 농구 코트 아래로 갔다. 끝까지 달린 뒤, 숨을 내쉬고 주변을 둘러봤지만 나 이외에는 아무도 없었다. 그래도 상관없다. 그런 생각을 하며 농구공을 두드렸다.

달려오긴 했지만 가볍게 스트레칭을 하며 몸을 풀었다. 팔을 쭉 뻗으니 팔꿈치에서 기분 좋은 소리가 들렸다. 무심코 "어후."
하는 목소리가 새어 나올 정도의 뚜둑 소리였다. 겸사겸사 어깨
를 빙글빙글 돌렸다.

아무도 없는데 뭘 하러 왔느냐고 하면, 물론 연습을 하러 왔
다.

처음에는 단지 그뿐이었다. 그런데 이상한 사람을 만나서 일
이 이상하게 꼬이고 말았다.

그리고 지금, 흐름이 원래대로 돌아가려고 한다. 분명히 단지
그뿐이다.

"아."

목소리가 들려서 빙글 어깨를 젖히듯이 뒤를 돌아보았다. 돌
아보는 사이에 목소리가 다르다는 사실을 깨달았다.

"……선배?"

"역시 후배였네?"

지나가던 사람은 이미 졸업한 동아리 선배였다. 수수한 반팔
차림으로, 발에도 샌들을 신은 모습이었다. 딱 봐도 이른 아침에
산책을 나왔을 뿐인 선배가 나를 발견하고는 다가왔다.

선배가 동아리 활동을 은퇴하던 때 이야기를 나누었는지도 기
억이 어렴풋했다.

"………………………."

"뭐야. 방금. 실망한 눈치네."

"아니요, 별로요."

실망이라니. 그럴 리가~

옷은 수수했지만 선배의 머리는 여전히 화려했다. 이 금발은 타고난 머리로, 외국인 같은 인상을 주는 사람이었다. 중학교 때도 항상 사람들의 눈길을 끌었다. 시합 중에도 움직이기만 해도 주변의 주목을 받아, 본인은 거북한 듯했다.

"동아리 활동, 이제 안 나갈 텐데 계속하는구나? 훌륭한걸?"

"네에. 심심풀이로요."

"수험생이 그렇게 한가해서 괜찮겠어?"

"간신히 그렇죠, 뭐."

선배는 묻지 않아도 눈치를 챘는지, 대회가 어땠느냐 같은 질문은 하지 않았다.

"선배는요?"

먼저 고등학생이 된 선배는 림을 올려다보며 가볍게 고개를 저었다.

"아무것도 안 해. 동아리 활동도 안 하고, 그렇다고 공부를 열심히 하는 것도 아니고… 적당히 지내고 있어."

"흐음….”

금색 계열의 머리카락 때문인지, 선배의 옆얼굴은 색이 연해 보였다. 덧없는 느낌이 강하다. 나와는 달리 반에서 1, 2등을 다투는 미인으로, 주변 사람들도 평범한 사람보다 훨씬 많은 관심을 보이겠지. 하지만 선배는 매일 도무지 감당하기 어렵다는 듯한 분위기로, 주변 사람들과는 필요 이상으로 어울릴 생각이 없어 보였다.

지금도 그때와 비슷한 분위기가 느껴졌다.

…이럴 수밖에 없나. 그런 실감이 들었다.

작별한 사람과는 신기하게도 다시 만나지 못하고, 설령 다시 만났다고 하더라도 어색함이 방해를 한다.

만약 타루미와 만났다 하더라도 분명 마찬가지겠지.

대화가 끊어졌다는 걸 깨달은 선배가 작게 손을 흔들며 돌아섰다.

"이만 가 볼게."

"안녕히 가세요."

말을 하고 보니 너무 차가운 소리였나 싶기도 했지만, 선배는 별로 신경 쓰는 모습도 없이 그대로 떠나갔다.

이런 온도감이라 받아들이기 쉬웠던 측면이 있기도 했다.

동아리 활동에 속한 선배들 중에서는 가장 말하기 편한 사람이었다. 서로 대인관계가 좋지는 않았지만, 그래서 오히려 공감하기 쉬웠던 건지도 모른다. 선배는 집에 돌아가면 집안일도 해야 했는지, 그런 일로 불평을 꽤 많이 했었다. 힘들게 살아가는구나, 하고 남의 일을 걱정하는 것만큼은 동정을 했었다.

이제 선배와 만날 일은 없겠지. 같은 마을에서 살고 있는데,

지금까지 다른 수많은 사람도 마찬가지였다. 모두 같은 장소를 빙글빙글 돌고 있을 텐데, 참 신기하다.

좁아 보이지만, 이 마을에도 생각보다 많은 사람이 살고 있겠지. 틀림없이.

공을 손 안쪽에서 빙빙 돌리면서 연습을 다시 시작하려고 골대 아래로 걸어가려던 순간, 문득 뭔가를 눈치채고 뒤를 돌아보았다. 교각의 그늘에서 가만히 이쪽을 보고 있는 사람의 모습이 있었다. 거리가 꽤 됐지만 그 눈동자의 색깔이 황록색이란 사실은 확실히 인식할 수 있었다.

"......................."

"......................."

"⋯⋯⋯⋯저기요."

눈이 몇 번이나 마주쳤는데도 숨은 채 움직이지 않아서 이게 뭐냐고 생각하며 다가갈까 말까 망설이다가, 시험 삼아 손짓으로 불러 보았다. 그러자 손짓에 화답하듯이 그늘에서 연보라색의 일본 전통복을 입은 여성이 튀어나왔다. 오늘은 정식으로 단정하게 입은 전통복이 아니라 얇은 유카타 차림이었다. 그래서 그런지 평소보다도 훨씬 경쾌하게 달려오고 있는 것처럼 보였다.

"좋은 아침!"

"좋은 아침이에요. 왜 숨어 있었나요?"

"음, 별 의미는 없어. 단지 그늘에 숨어 있는 상황을 즐겼을 뿐."

"아… 네…."

뭐든 즐길 수 있다니, 우리 엄마도 아니고.

"방금 왔는데 마침 멍하니 서 있기에 언제 눈치채려나 생각하며 숨어 봤어. 그랬는데 금방 들켰네?"

"우연히… 시선을 느꼈거든요."

그렇게 바로 눈치챘다고 하니, 꼭 내가 일부러 찾은 것 같아왠지 거부감이 느껴졌다. 이야기를 들어 보니, 선배와 대화하는 장면은 보지 못한 듯했다. 선배는 여고생이니, 발견했으면 눈앞의 이 여성이 기뻐했을지도 모른다. 정말 문장에서 오는 분위기만 따지면 완벽한 변태였다.

"오늘은 여동생이 없구나? 아쉽네."

내 가슴 부근을 찾아보듯이 들여다보았다. 들여다볼 필요 있어? 하고 슬쩍 웃었다.

"그렇게 마음에 들었어요?"

여동생도 의외로 이 전통복 차림의 여성에게 마음을 허락하고 있었지만.

"그 아이를 좋아한다기보다는, 그 아이를 다정하게 대하는 널보는 게 좋을지도 몰라."

감촉이 좋은 천을 쓰다듬듯이 태연하게 좋아한다고 말하는 모습에, 오히려 내가 겸연쩍었다.

좋아한다는 말을 들은 일 자체야, 그냥 대충 넘어간다 치고.

"요즘 계속 안 왔었지? 늦잠 잤어?"

"약속을⋯ 한 적도 없는데요."

그러네. 전통복 차림의 여성의 음색은 물결이 뭔지 모른다는 듯 잔잔하고 다정했다.

"나도 사실은 이틀 전에 볼일은 끝났지만, 역시 인사는 해 두고 싶어서 일도 없으면서 여기에 와 아침에 배회하며 기다리고 있었어."

왠지 표현 하나하나에 불온한 느낌이 뒤섞여 있는 사람이라고 생각하면서도, 내용을 곱씹어 보다가⋯ 인사, 하고 중얼거렸다.

"아, 이제 안 오는 건가요?"

"응. 여기에는 당분간 안 올 거야."

"그렇구나⋯."

"서운해?"

"전혀요."

특별히 만났다고 할 만한 사이가 아니다, 라고 주장하기에는 무리가 있었다.

"그러니까 오늘은 같이 이야기를 하고 싶어."

"상관없긴 한데⋯."

전통복 차림의 여성이 벤치를 향해 걸어갔다. 그리고 망설임 없이 앉았다. 옆에 앉으라는 듯이 나를 불렀지만, 딱 봐도 벤치가 거뭇거뭇하고 더러워 보여서 발이 떨어지지 않았다.

"아, 더러워서? 그럼 내 다리 위에 앉아."

팔을 벌리더니, 문을 활짝 열었다는 듯이 환하게 웃었다. 여기, 여기. 그러면서 다리를 튕기듯이 위아래로 움직였다.

다리 위에 앉으라니… 내가? 중학생이, 어른의 무릎 위에?

여동생이라면 몰라도 무척 언밸런스한 모습일 듯했다.

그냥 장난이겠거니 하고 가까이 다가가 봤다. 여전히 미소와 팔은 거두지 않았다. 전통복 차림의 여성 앞에 섰다. 여전하다. 나는 빙글 뒤로 돌아 살짝 무릎을 굽혔다. 오픈 유어 마인드 나우.

"아니, 이제 그만 거부해야지."

"앉으라고 했잖아요."

"말은 했지만…."

전통복 차림의 여성은 여전히 생글생글 웃고 있었다. 안도와 경계를 동시에 자극하는 불안정한 아름다움. 그 표정에는 결여된 부분이 없어서, 누군가가 다가가 거기에 뭔가를 더해도 정말 괜찮은가 하는… 그런 불안을 품게 된다. 무슨 말을 하는 건지 나도 잘 모르겠지만.

상대를 향해 계속 엉덩이를 내밀고 있기도 뭐해서, 정말로 앉을까도 했지만 그러기도 좀 벽이 느껴지고. 무엇보다 가족이 아닌 다른 사람과 몸을 접촉하다니 왠지… 익숙하지가 않았다.

"음~ 이것도 인체의 신비네."

"네? 뭐가요?"

"중학생의 엉덩이는 아무리 봐도 가슴이 두근거리지 않아. 뇌의 어디가 어떻게 판단해 작동하는 걸까?"

"몰라요….."

"여고생의 엉덩이라면 눈을 떼지 못하겠지만, 지금은 경치를 즐길 여유가 있어."

어…? 이 사람 혹시, 막장?

얼굴이 예쁘고 다정한 부분 이외에는 칭찬할 구석이 없어 보였다.

그것만 있어도 충분할 것 같은 기분도 들었지만.

"계속 무릎을 굽히고 의자 자세를 하고 있는데, 힘들지 않아?"

"당연히 힘들죠."

특히 목 뒤에 힘이 들어갔는지, 뒤통수 부근이 잘려 나가 평평해진 듯한 느낌이었다.

"힘든 삶을 사는 것을 계속 선택하다니, 멋진걸?"

"지금 비꼬는 건가요?"

"응."

"딱 부러지게 말하네."

긍정하는 방식이 어째서인지 개운하게 몸에 스며들었다.

얼굴을 맑고 깨끗한 물에 씻는 듯한, 적당한 온도였다.

그만 포기하고 전통복 차림의 여성 옆에 앉았다. 옷이 더러워지든 말든, 이젠 나도 모르겠다. 옷이란 원래 피부가 더러워지

지 않기 위해 입는 것이니, 이게 올바른 사용법이라 생각하기로
했다.

낡고 오래된 벤치는 내 체중 탓인지 다리가 삐걱거리는 소리
를 냈다. 내지 마.

앉아도 별로 편하지 않아서, 땅바닥에 앉은 것과 크게 다르지
않은 듯하기도 했다.

"어서 와."

"…여기가, 언니 집이에요?"

헷, 하는 이상한 웃음소리가 새어 나왔다.

틀림없이 만난 이후로 이게 서로 제일 가까운 위치로, 전통복
차림 여성의 얼굴에는 웃음꽃이 피어 있었다. 그리고 얇은 유카
타를 입고 있기도 하고 거리가 가깝기도 하고, 여러 가지 이유가
있겠지만 처음으로 깨달은 일이 있다.

이 여자, 가슴이 크다.

그래서 뭐가 어쨌냐는 이야기긴 하지만.

의식을 했더니 자꾸만 얼굴보다도 그쪽으로 눈길이 가고 말았
다.

"앗, 가슴 보고 있네?"

"네에?"

정곡을 찔려 시치미를 떼는 사이에도 시선이 이리저리 움직여
아무것도 보이지 않았다.

"사춘기구나. 나야, 사춘기가 끝난 지 오래인데도 여전히 좋아하지만."

"무슨 소린지 잘 모르겠는데요."

알기 쉽잖아? 라고 자조하듯 동요를 감추지 못하는 모습이었다.

전통복 차림의 여성은 보란 듯이 가슴을 펴며 파앙 자신의 가슴을 두드리고는 이야기를 계속했다.

"가슴 이야기 다음에 이런 말을 해서 미안한데, 하나 더 진지한 이야기를 할게."

"방금 그것도 진지한 이야기였다고…?"

"항상 괴로운 표정을 짓고 있어서 말이야."

정말로 가슴 이야기를 할 때와 똑같은 온도로 그런 말을 꺼냈다.

보이지 않는 손가락이 내 가슴을 밀쳐내는 감각.

항상 화난 듯한 얼굴이라는 말은 들어 본 적이 있지만, 괴로운 표정이라는 말을 듣기는 처음이었다.

"제가 괴로워 보이나요?"

"무척."

가슴에 자리 잡은 불쾌한 그것의 정체를 어렵지 않게 알아맞혀 버렸다.

괴로운가? 나?

뭐가 괴롭지?

숨기고 있는 것.

뭐가 괴로워?

일부러 안 보려고 하는 것.

뭐가 괴로운데?

우물의 바닥이, 별로 중요치 않은 타인일 텐데도 그 사람의 미소가 비치자 모습을 드러내고 말았다.

턱을 괴고, 몸을 앞으로 굽혀, 눈이 부신 듯이 눈을 감았다.

그런 자세를 취했더니, 걸려 있던 뭔가가 굴러서 떨어져 내렸다.

"시골집에 사는 개가 힘이 없어서요."

생각하기 싫고 슬프고 괴로운 일이 온통 뒤덮고 있어서.

"그래서 계속 침울한 상태인 것뿐… 일지도."

인정하고 보니, 자신의 초조함이 어디서 오는지 그 대답은 무척 간단했다.

무서웠다.

시간이 지날 때마다 잃어 가는 것들이.

눈을 감고 있는 사이에, 어딘가에서 누군가가 죽어 가는 이 세상이.

"그렇구나."

전통복 차림 여성의 반응은 짧았다. 그야 그렇다. 남의 일이고, 심지어 본 적도 없는 개 이야기니까.

하지만 전통복 차림의 여성은 손을 내밀어 내 머리를 끌어안았다. 익숙한 움직임이었다.

이 사람은 지금까지 얼마나 많은 상대에게 이런 일을 해 왔고, 그리고 앞으로 어떤 사람에게 이런 행동을 해 주는 걸까. 작게 그런 의문을 떠올리며 가슴에 머리를 묻었다.

모근까지 그 향기로 가득 채워진 듯해서… 마치 꽃밭에 누워 있는 것 같았다.

누군가에게 몸을 기댔을 때의 진정되는 마음과 온기와, 불안정함.

익숙하지 않았다.

오싹오싹했다.

그런데 몸이 중력에 잠긴 듯이 움직이지 않았다.

눈물은 나오지 않았지만 좀처럼 고개를 들 수 없었다.

"무척 어려운 일이겠지만… 그 괴롭다는 감정을 소중하게 생각해 줘."

꽃밭 너머에서 옆으로 누워 있는 또 한 사람의 목소리가 들렸다.

"본심에서는 도망치지 말아야 해."

전통복을 입은 여성의 목소리의 섬세한 면이 처음으로 속속들이 드러난 기분이 들었다.

하지만 어른이 하는 그런 말은 아직 나에겐 어려웠다.

공처럼 안긴 채, 얼마나 시간이 지났을까.

"진정됐어?"

"……네."

평소라면 지면을 힘껏 밟으며 반발할 텐데, 지금은 움직이고 싶지 않았다.

꽃밭을 짓밟는 게 아깝다는 생각이 들어서 그러는지도 모른다.

"네가 지금 중학생이 아니었다면…. 아까운 만남이야."

"알 바 아니거든요?"

여고생이었으면 이 사람은 날 어쩌려고 했을까.

웃고 있을 수 있었을까. 그런 순간이 왔다면.

"진정됐어?"

한 번 더 질문을 했다.

"완벽히요."

이번엔 애매모호하지 않게 확실히 대답했다.

그런 대답을 기다렸다는 듯이, 전통복 차림의 여성이 내 머리를 놓아주었다.

"그럼 대결할까?"

"네?"

"조금 더 연습하면 대결하자고 말했잖아."

전통복 차림의 여성이 자리에서 일어나는 모습에 이끌려 나도 같이 벤치에서 일어났다. 그리고 엉덩이를 털었다.

설마 이걸 아직 못 해서, 일부러 여기까지 왔던 걸까?

자기 말을 너무 성실히 잘 지킨다고 할지 뭐라고 할지.

"지면 상대의 소원을 뭐든 들어주는 그거다?"

"그거라니, 그런 말씀을 하셔도 좀."

마치 약속을 했던 것처럼 말을 해 봐야 나로선 난처할 뿐이다. 이렇게 좀 위험해 보이는 여성에게 뭐든 좋다고 약속하는 행위는, 심장을 상대의 손바닥에 내어주는 행동이나 다름없다.

"단, 전에도 말했지만 난 중학생한테는 흥미가 없으니 너한테는 특별히 뭘 바라는 게 없어."

흥미가 없다면 왜 나한테 말을 걸었을까.

그냥 시간 때우기였는지, 어딘가에 거짓말이 숨겨져 있는 건지. 붙임성 좋은 성격에 많은 것이 감추어져 있었다.

"어? 이길 수 있다고 생각해요?"

가볍게 농담처럼 말했지만, 전통복 차림의 여성은 미소를 지을 뿐이었다. 지금까지 중에 제일 표정이 어른스러웠다.

"너부터 던져."

마치 내가 이기는 모습을 지켜보고 싶다는 듯이 전통복 차림의 여성이 재촉했다.

그 안내에 따르듯이 내가 앞으로 나섰다.

공을 두 번, 세 번 튕기고 리듬을 타면서 얼굴 앞으로 공을 들고 자세를 잡았다.

공의 무게가 손목에 딱 적당해 기분 좋았다.

숨을 후우 내쉬고 스읍 들이쉬었다.

마음을 개간하듯 길게 심호흡을 한 뒤, 산소가 몸 전체를 휘도는 감각을 즐겼다. 그와 더불어 잔향처럼 내 머리카락에 남아 있던 꽃향기까지 온몸을 휘돌았다.

꽃잎 언니.

심장이 쿵쿵 뛰기 시작함과 동시에 힘을 모았다.

매일 연습해서, 기껏 발밑에 하나하나 돌을 쌓아 나가기 시작해 골이 가까워졌는데, 결국 그걸 사용할 기회는 없었다. 그렇지만 나는 지금 그 제일 높은 장소에 서 있다.

그리고 그곳에서 뛰어내리듯이, 겁내지 않고 공과 함께 나는 점프했다.

쌓아 올린 돌이 소리도 없이 무너져, 다리가 공중을 헤매는 가운데. 나는 공만을 눈으로 쫓았다. 포물선은 막힘이 없었고, 아침 해는 아직 멀었고, 하지만 어둑어둑한 하늘에 걸린 구름이 아름다웠다.

이어서 팔에서 전해지는 무언가가 팔꿈치를 전율하게 만들었다.

기쁨이 전류처럼 흘렀다.

"네 승리야."

뛰어내린 곳에는 축복의 말이 기다리고 있었다.

끝까지 지켜봐서 만족스럽다는 듯이 그 사람은 웃었다. 그 꽃에 이끌리듯이 다가간 나는.

아직 만족하기에는 이르다고, 선생님으로서 알려 주었다.

"여기요."

전통복 차림의 여성에게 주운 공을 내밀었다.

돌아보면 동아리 활동 때, 남한테 패스도 제대로 한 적이 없는 나였다.

연습도 하지 않았지만, 그래도 멋지게 전달했다고 생각한다.

"기왕에 연습했으니 한번 해 봐요."

나처럼.

"뒤늦게라도 성공시키면, 그쪽의 승리라 쳐도 좋아요."

왜 그런 소리를 했는가 하면, 그런 기분이었기 때문이라고 말할 수밖에 없었다.

계속해 왔던 연습이 결실을 맺어서 마음이 들떠 있었기 때문인지도 몰랐다.

"괜찮겠어?"

"이기면 뭐든 소원을 들어줄게요."

고개를 끄덕이자 전통복 차림의 여성은 "음~" 하고 눈을 이리저리 움직였다.

"뭐든, 이라… 양보한다고 해도 마음이 별로 끌리진 않네."

"어째서요?"

"내가 상대에게 뭐든지 해 줘야 더 즐거우니까."

"엑…?"

지금까지 숨기고 있었던 듯 보여 주지 않았던, 입술을 양쪽으로 끌어 올리며 웃는 모습을 보고 살결에 소름이 돋았다. 나도 웃으면서 등골이 가죽을 찢고 나온 것처럼 몸을 움츠렸다.

역시 무서운 여자다.

그 무서운 여자가 앞으로 나와 농구공을 아래에서 지탱하듯이 자세를 잡았다. 등이 쭉 펴져 있어 그런지, 역시 그것만으로도 마을의 풍경과 아름답게 조화를 이루었다. 나는 들어가지 마라, 들어가라, 같은 생각은 하지 않은 채, 마치 기도와도 비슷한 마음으로 그 모습을 가만히 바라보았다.

내가 가르쳐 준 사항을 지키며 깔끔하게 점프한 전통복 차림의 여성이 부드러운 동작으로 공을 던졌다. 그건 완만했지만 흔들림 없이 똑바로 림을 향해 가는 궤도였다.

그리고 투웅, 하고 상쾌한 소리가 들렸다.

힘껏 저항하며 주먹을 휘두르는 듯한 강렬한 소리.

하지만 그런 소리가 나서는 안 되었다.

튕겨서 돌아온 공을 눈으로 좇으면서 전통복 차림의 여성이 미소 지었다.

"져도 괜찮으니 들어갈 때까지 던져 봐도 될까?"

"얼마든지요."

다 큰 어른이 어린아이처럼 와아, 하고 공을 향해 달려갔다.

전통복 차림의 여성은 그 이후로 네 번 빗나간 뒤, 다섯 번째에 림의 허락을 받고 슛을 성공시켰다.

"선생님, 공이 림에 들어가니 기뻐요~"

기뻐하며 제자가 그렇게 보고했다. 폼은 엉망진창이고 가르쳐 준 대로 거의 하지 못했고 던지는 방법도 제멋대로였지만, 미소는 환했고 이마에서 빛나는 땀이 아름다웠고 꽃향기가 마치 꽃다발 같아서.

"졸업."

불평을 전부 내다 차 버리고 인정해 주기로 했다.

나에게 공을 돌려준 저편에서 전통복 차림의 여성이 기쁘게, 기분 좋게 웃고 있었다.

나의 시시한 표정을 상쾌하게 웃어넘기듯이.

"네 승리인데, 소원 있어?"

이 사람이 나에게 아무것도 원하지 않듯이, 나도 원하는 게 번뜩 떠오르지 않았다.

원하는 것은 없었지만, 왠지 모르게 신경 쓰여 이렇게 만나게 될 뿐인 관계.

나쁘지 않지 않나? 그런 생각을 했다.

"그럼… 여동생이 생긴다면 다정하게 대해 줬으면 한다든가?"

"여동생?"

"안아 주고, 같이 이리저리 달리고… 꽤 힘들거든요, 그거."

그런 모습을 태연한 표정으로 계속 지켜보기만 했던 모습이 떠올라, 새삼스럽게 발끈하는 심정이 들어 너도 한번 고생해 보란 듯이 그렇게 명령했다.

"아, 남동생이라도 똑같이요."

그럴 가능성은 미처 생각하지 못했기 때문에 다급히 덧붙여 두었다. 가까이에 있지 않은 존재는 자연히 머릿속에서 제외해 두고 만다. 그런 머리의 시스템을 바꾸긴 어려우니, 그게 싫다면 제외하기 싫은 존재는 계속 곁에 둘 수밖에 없다.

조금 먼 미래가 될지 아니면 금방이 될지는 모르지만, 눈앞의 이 사람도 내 마음속에서 존재감이 흐릿해져 갈 수밖에 없다.

그것을 조금이나마 아쉬워하듯이, 가만히 지금만이라도 그 모습을 계속 올려다보았다.

"좋아. 약속할게."

전통복 차림의 여성은 많은 말을 하지 않고 순순히 그러한 소원을 받아들였다. 그때 떠오른 미소는 장식도 아니었고, 성가신 마음을 품고 있지도 않았다. 숨김없이 자신의 있는 그대로의 모습을 표현하고 있었다.

그걸 어떻게 아느냐고 하면, 지금 나 자신도 아마 그럴 테니까.

"그러면 다음에 만났을 때 여친이 생기지 않았다면 나랑 데이트하자."

'그러면'이 어디서 왔는지 도저히 알 길이 없었다.

"여친이라니."

남친이 아니구나? 이야기의 비약이 너무 심해서, 훗 하고 나는 무심코 어깨를 흔들며 웃었다.

그 어깨의 움직임에 만족했다는 듯이. 전통복 차림의 여성도 또한 어깨를 희미하게 떨었다.

전통복 차림의 여성… 마지막까지 서로의 이름을 밝히지 않았다. 그래도 그것이 문제가 되지 않는 만남과 작별이었다. 공을 튕기며 그 자리를 돌 듯이 이리저리 움직이며 슛을 하고 빗나간 공을 곧장 달려가 리바운드했다.

통통통 하고, 점프를 한 것도 아닌데 발바닥에서 리듬 좋은 소리가 들리는 듯했다.

"…아하."

혼자가 되니 이상한 웃음소리가 흘러나왔다. 하하하, 돌멩이 같은 웃음의 알갱이가 아직도 계속 넘쳐흘렀다. 어깨와 뺨이 가벼웠다. 머리 뒤를 짓누르고 있는 듯한 초조함이 사라져 몸이 쉽게 앞으로 움직였다.

소리도 없이 물결처럼 마을을 찾아오는 아침을 올려다보았다. 저녁놀보다도 흐릿한 오렌지색의 반짝임이 빌딩의 틈새를 메우기 시작했다. 꺼끌꺼끌하게 퍼져 있는 옅은 구름과 그 안에서 부풀어 오른 적란운. 가끔 달려가는 자동차 소리가 도로에 소용돌이를 그리고, 위로 부는 바람의 뜨뜻미지근한 온도와 냄새에 신기하게도 입꼬리가 누그러졌다.

정말로 오랜만에 정신을 바짝 차리고 새벽을 맞이한 기분이 들었다.

내가 멍하게 있든 활기차게 일어나든 하루는 시작되고, 그리고 끝을 맞이하는 세상의 큰 도량을 실감하는 가운데 드디어 기세를 부리던 마음이 발걸음을 멈췄다. 떠오른 땀을 그대로 둔 채, 아침노을의 파도에 힘껏 부딪쳤다.

모르긴 몰라도, 즐거웠기 때문인지 마음이 가벼워졌다.

그런 단순한 이야기일지도 모른다.

공이 튕기는 리듬이 상쾌했다. 손목을 굽혀 쓸데없이 회전을 넣어 보기도 했다.

들떠 있었다.

나쁘지 않다. 그래, 나쁘지 않은 기분과 함께.

어디까지가 진심인지 종잡을 수 없는 사람이었지만, 가슴속에서 확실한 무언가는 느낄 수 있었다.

본인의 웃음소리에 포함된 산뜻한 뒷맛과 동시에 찾아오는 희미한 차가움.

심장을 둘러싼 미지의 감각이 나를 조용히 최상의 기분으로 끌어올려 주었다.

떠오른 거품을 살짝 찔러 터뜨리는 듯한, 차분한 고양감이라는 이 모순.

그 정체는 혹시?

설마.

…첫사랑?

"그럴 리가."

농담을 하면서, 또 공을 크게 튕기기 시작했다.

그때.

튀어 오른 공을 잡기 위해 뻗은 팔의 저편. 뚱한 표정으로 자전거의 페달을 밟는 여자아이가 다리를 기세 좋게 내려가더니 그대로 빠져나갔다.

서로 거의 돌아보지도 않고 멀어지는, 단지 그뿐인 엇갈림.

하지만 그 여자아이의 검은 머리카락이 바람에 나부끼는 모습을, 잠시 걷는 사이에 이유도 모른 채 문득 떠올리고 말았다.

'유한루프의 저편으로'

"뭐야, 그건?"

"물통인데?"

대각선으로 멘 그 끈이 그 무엇보다도 겉모습을 어리게 보이도록 만드는 요소인 듯했다.

백팩을 짊어지고 물통을 매달고 있는 18세와 문 앞에서 스쳐 지나가려고 하자 강력한 태클을 당했다. 체격의 차이와 불의의 기습이 멋지게 상호 작용을 일으켜 두 사람이 같이 문의 기둥에 부딪쳤다.

"너 정말."

"나가후지인데?"

말을 안 듣네.

초등학교 소풍 때부터 사용한 그 물통을 보니 그리운 기분이 드는 거야 제쳐 두고.

"너 우리 집에 놀러 온 거야? 아니면 소풍 온 거야?"

"소풍인데?"

"이게 어떻게 소풍이야?"

외출하려고 밖으로 나오면 항상 이렇다. 잠복하고 있었다는 듯이 집을 나가기 직전에 만날 확률이 매우 높았다. 나가고 싶다고 생각하는 시점이 비슷한 건지도 모른다.

"어쩔 수 없네. 가자. 그보다 이거 놔."

태클을 한 뒤로도 여전히 허리를 붙잡고 있어서 나는 이마를 밀어 나가후지를 떼어 냈다. 그리고 뭔가 생각났다는 듯이 안경을 벗는 나가후지를 데리고 다시 걸음을 돌렸다. 그 동작을 올려다보다가 목 뒤에서 뭔가 느낌이 왔는데, 또 키 차이가 벌어진 듯했다. 내가 줄었다고 할까 얘가 늘어났다고 할까, 뭘로 정할지 고민하면서 집으로 들어갔다. 방금 신었던 신발을 벗어 가지런히 놓자, 나가후지가 그 옆에다 자신의 신발을 나란히 놓았다.

"부엌 선반 안쪽에서 물통을 발견해서, 이런 기분이 된 거야."

나가후지가 동기를 대략적으로 설명했다. 그런 곳을 대체 무슨 볼일이 있어 들여다본 거야, 정말.

"그런데 너무 멀리 가면 쓰러질 것 같아서 히노네 집에 오기로 했어."

"이유를 대충 붙여서 우리 집에 왔을 뿐이잖아."

"그런데 왜?"

"…그렇구나."

내가 태클을 시도했지만 나가후지는 전혀 동요하지 않았다.

"어머, 벌써 왔어요?"

쓸데없이 긴 복도를 지나는 도중에 선반 위를 청소하던 에노메 씨가 돌아보았다. 그리고 나가후지를 눈치채고 살짝 웃었다.

"어서 오세요."

"~례합니다~"

"애가 정원에서 점심 먹고 싶대."

"네에."

나가후지의 기행에 익숙해서인지 별 반응도 없이 에노메 씨가 일어섰다.

"그러면 돗자리를 준비하겠습니다."

"죄송해요, 괜한 수고를 하게 만들어서."

"익숙해졌어요."

태연하게 말한 에노메 씨가 멀어지다가, 가다 말고 깜빡 물어보지 못했던 질문을 했다.

"오늘은 주무시고 가나요?"

"으~음. 자고 가면 소풍이 수학여행이 되겠네."

"그럼 그만둬."

"여행도 좋아하니까 자고 갈게요."

처음부터 그럴 셈이었겠지. 그런 생각을 하며 메고 있는 백팩을 슬쩍 쳐다봤다.

밖에서 뒤집어쓴 한낮의 열기의 여운을 목덜미로 느끼면서, 못 말린다는 듯이 한숨을 내쉬었다.

"지금부터 준비할 테니 조금만 기다려 주십시오."

"대충 해도 돼. 진짜로."

이런 녀석을 위해 일을 중단하게 만들다니 너무 미안하다. 바로 그 녀석의 가슴을 아래에서 들어 올렸더니 가볍게 머리를 얻어맞았다. 지금에 와서야 너무 많이 맞아서 내 키가 줄어들었을지도 모른다는 사실을 깨달았다.

"잠~시~ 후~"

나가후지가 알기 쉽게 시간의 경과를 알려 주었다. 시간이 지나서 정원으로 나가 보았다.

"오오~ 아~티~스~티~익~"

커다란 연못 옆에 붓으로 그린 듯한 빨간색이 번쩍이고 있었다. 그 양탄자는 뭐 괜찮지만, 우산은 적당한 크기가 없었는지 비치파라솔이었다. 심지어 수박 무늬. 물론 대충 해도 된다고는 했지만 참.

"우아하네~?"

"그런가?"

파라솔 아래에 나란히 앉았다. 수박이라서 위에서 쏟아지는 그림자도 상당히 빨갰다.

수박 얼굴이 된 나가후지가 백팩과 물통을 내려 두고 다리를 뻗었다. 그리고 웃었다.

"히노는 의외로 자주 무릎을 꿇고 앉네?"

"응? 그야, 그럴지도 모르지."

자연스럽게 무릎을 꿇고 있는 다리를 나가후지가 만족스럽다는 듯이 눈을 가늘게 뜨며 바라보았다.

"왜?"

"좋은걸?"

"그거 잘됐네."

나가후지와의 대화는 적당할 때 일단락 짓는 것이 요령이다. 잘 이해가 안 되니까.

등에 짊어지고 있기러도 한 듯이, 정원의 나무에 숨어 있는 매미의 울음소리가 바로 근처에서 들렸다. 파라솔이 차단하지 못하는 열기가 이글거리며 살결을 태우고 있는 듯했다. 연못 이끼의 냄새가 열기에 뒤섞여 떠돌았다.

"어서 먹고 방으로 가자."

"이렇게 준비해 주셨으니 천천히 있다 가야지!"

"네 배려의 배분 비율, 아무리 생각해도 잘못됐어."

재촉하자 어쩔 수 없다는 듯, 나가후지가 백팩에서 도시락통이 든 보자기를 꺼냈다.

나가후지네 어머니가 준비해 준 듯한 도시락의 메뉴는 볶음우동이었다.

"그거 오늘 점심으로 먹을 음식을 그대로 넣었을 뿐인가?"

"제법이네, 마망."

보자기에는 도시락통 이외에 뭔가가 하나 더 있었다. 나가후지가 볶음우동의 파를 깨물고 있는 사이에 나는 그 용기를 들어보았다. 금붕어를 흉내 낸 작은 용기였다. 물건을 오래 잘 쓰는 녀석이네. 그런 생각을 하며 금붕어가 그려진 뚜껑을 열었다.

안에는 귤 통조림이 가득 들어가 있었다. 시럽의 달콤하고 시원한 향기가 코를 자극했다.

소풍을 가면 항상 보던 그거다. 그런데 초등학교… 몇 학년 때였더라? 그때 소풍을 갔다가 금붕어 용기를 잃어버리고 돌아와서, 평소에는 웬만해선 풀이 죽는 법 없는 나가후지가 웬일로 무척이나 우울한 모습이었는데. 그걸 보고 똑같은 물건을 찾아서 구입해 그 해의 생일에 선물로 줬던 기억이 났다.

나가후지는 조용하게 아주 기뻐하며 그 답례로… 그건 제쳐두고.

그러니까 그렇게까지 오래된 물건은…. 아니지.

"…그러네. 그 일도 이젠 옛날인가."

마치 어제의 일처럼 말할 때가 너무 많아서 감각이 마비되었다.

그 이후로… 초등학교에 다녔을 때 이후로, 그 이전에 나가후지와 만난 이후로, 중학생이 된 이후로, 꽤 많은 시간이 지났다. 여름은 열여덟 번째인데, 앞으로 몇십 번의 여름이 남아 있을까.

지금도 옛날도 부잣집 아가씨고, 정원은 넓고, 옆에는 자유로운 나가후지가 있다.

부족한 것도 없고, 원하는 것도 이것 이상은 없다.

형태를 모른 채, 아무 데도 가지 않고 무언가를 찾지도 않았는데, 태어나자마자 곧장 행복을 누리고 있었다.

아무것도 안 해도 살아갈 수 있는 그런 일생.

혼자 있을 때는 슬쩍 고민도 하지만.

둘이 있을 때는 그냥 이대로도 괜찮다고 생각한다.

아무런 변화 없이 살아갈 수 있다면, 그것으로 충분하다고.

만족스럽다.

"그렇게 생각하는 젊은 히노였다."

"읽지 마, 읽으면 안 되지."

설마 그럴 리가 없다고 생각하면서도, 나는 손을 좌우로 흔들었다.

서로 상대의 마음 정도는 읽을 수 있을 법한 거리였다.

아다치와
시마무라

'Summer18'

거울에 비친 고등학생 시마짱은 평소 그대로의 얼굴이었다.

"졸려 보여."

이렇게 열려 있는지도 의심스러운 처량한 눈매를 평소부터 세상에 드러내고 있으니 반성해야 할지도 모른다. 아다치는 이런 얼굴을 보고 따로 생각하는 바는 없는 것일까.

아다치는 나에게 송곳니를 드러내지 않는다. 나와 접촉할 때는 매우 조심스럽다. 그 조심스러운 면이 고이고 고였다가 터지게 되면 나를 향해 온몸을 부딪쳐 오지만. 아다치가 나보다 체격이 커서, 나는 받아들일 때도 기합을 잔뜩 넣어야만 했다.

내가 그렇게 무서운가? 중학생 시마짱보다는 훨씬 친근하게 군다고 보는데.

역시 사랑이란 어려운 것인지도 모른다.

문득 목덜미를 타고 솟구쳐 올라오는 듯한 매미 소리를 향해 시선을 돌렸다. 벽 너머로 등을 쭉 펴듯이.

고등학교 3학년 여름방학. 손가락을 꼽아 세다 보면, 그대로 졸업해 버려도 이상하지 않을 만큼 남은 시간은 얼마 되지 않았다.

"......................."

계속 고등학생으로 지낼 수 있을 듯한 기분이 들었다. 그런 하루하루가 계속 이어지는 게 아닐까 하는 기분.

중학생 때는 한 번도 느끼지 못했던 신기한 착각이다.

그만큼 지금의 내가 만족스럽다는 증거인지도 모른다.

"그러면 즐거운 표정을 지어야지."

히쭉~ 하고 뺨을 조물조물 매만지고 웃은 다음 세면대 앞을 떠났다. 방으로 돌아가려고 걷는 도중에 목이 말라 부엌에 들르려고 돌아본 순간. 이마 위에서 환한 빛이 났다.

"시마무라 씨의 기척이 나는군요."

"기척보다 더 쉽게 느낄 수 있는 게 있지 않을까?"

머리 위에 갑자기 나타나 올라탄 그 녀석을 살짝 공중으로 내던졌다. 그래도 아무렇지도 않게 몸을 비틀어 착지한 녀석의 정체는 펭귄이었다. 펭귄은 좋은데, 배에 '얼음 빙(氷)'이 적힌 천을 두르고 있었다. 여름 카페의 입구에 걸려 있을 법한 물건이다.

"그게 뭐야?"

"시크 말인가요?"

"음~"

자랑스럽게 내미는 배를 쿡쿡 찌르면서.

"무지막지하게 시크."

할지도 모른다.

"와~"

아무래도 만족스러운 듯하니 좋은 게 좋은 거라고 넘어가기로 했다. 세련미 넘치는 펭귄과 함께 나는 부엌으로 갔다.

"어머니가 안 계시는군요."

"어머니는 이 시간이면 피트니스 센터에 가셨을 거야."

좋은 정보를 들었습니다, 라고 말하며 야시로가 부리 안쪽에서 큭큭큭 웃었다. 항상 생각하는 거지만, 얼굴을 내미는 부분이 잘못되지 않았나? 대체로 야시로는 통째로 삼켜진 상태다. 그럼 어디로 얼굴을 내밀어야 하냐고 묻는다면, 대답이 어렵긴 하지만. 대체 이 인형옷 파자마는 어떻게 입수하는 걸까? 최근에 여동생이 가지고 있는 도감에 나오는 동물 모습을 하고 있다는 걸 눈치채게 됐는데, 외계인의 발상은 참 수수께끼다.

냉장고를 열자마자 뛰어들 기세로 들여다보는 펭귄을 제어하는데, 여동생도 부엌으로 들어왔다. 노출된 살결은 완전히 햇볕에 그을려, 셔츠의 소매로 엿보이는 흰 살결과 진한 대비를 이루었다.

"미니 씨가 아니십니까."

펭귄이 찰딱찰딱 뒤로 돌아 여동생을 맞이했다.

"오늘의 야치~는… 서늘한 펭귄?"

"시크한가요?"

"시크?"

"거기서부터 설명이 필요했습니까, 하하하."

"뭐야, 그 태도는~?!"

여동생이 야시로의 뺨을 잡아당기며 즐겁게 노는 모습을 보면서, 나는 컵에 보리차를 따랐다. 방에는 돌아가지 않고 앉아서 그 두 사람의 모습을 바라보았다. 그러다 다시 일어섰다.

두 사람에게 줄 보리차도 준비해 "자." 하고 건네주었다.

"어? 언니가 이렇게 준비해 주고, 웬일이야?"

"그 턱은 대체 뭐야?"

잘났다는 듯이 앞으로 내민(내밀지 않았다) 턱 끝을 붙잡고 여동생의 기세를 꺾어 주었다.

"감사하외다."

차를 건네받은 펭귄이 싱글거리며 말했다. 표정과 딱딱한 대사가 잘 어울리지 않았다.

"전부터 생각한 건데 그거, 어디서 배웠어?"

"아버지와 함께한 TV 감상입니다만."

밤에는 거실의 TV 앞에 아빠랑 나란히 앉아 있는 모습을 요즘 자주 보게 된다. 아빠도 이 신기한 생물 겸 식객에 완전히 익숙해진 듯, 가끔 과자를 사 올 때도 야시로 몫까지 생각해서 챙겨오게 되었다. 얼마 전에도 '사실은 외계인이라더라고. 처음 봤어'라고 명랑한 목소리로 말했었다.

그야 처음 봤겠지, 하고 맞장구를 쳐 줄 수밖에 없었다.

좋게 말하면 도량이 넓고, 나쁘게 말하면 뭐든 대충대충인 집안이다. 나를 포함해서.

"오늘은 뭐 하고 놀까?"

"스위~트한 느낌으로 부탁합니다."

우리 엄마의 영향이 슬쩍 엿보이는 언어 센스란 생각이 들었다.

"언니도 꼭 부탁한다면 같이 놀아 줄 수도 있는데."

"너 있지, 난 지금 공부 중이거든? 수험생이야."

농담이 아니라, 정말로 꽤 진지하게 공부 중이다. 3학년이 된 이후로 멍하니 생각하다 대학에 가기로 결정했다. 가도 되냐고 물었더니, 가도 된다고 하기도 했고.

여동생이 살짝 고개를 숙인 채 나에게 물었다.

"언니는, 저어… 대학? 거기에 갈 거야?"

"갈 예정."

합격했을 때의 이야기지만.

"호호오~ 대학."

"너 대학이 뭔지 알아?"

"고구마*."

"맛있지?"

전에 먹었던 고구마가 생각났나? 펭귄이 히죽 웃으며 생각에 빠져 있어 그냥 내버려 뒀다.

그리고 여동생 쪽으로 시선을 돌렸다.

"대학에 가면… 나가서 살 거야?"

여동생이 처음 날린 짧은 화살 같은 질문이었다.

※고구마 : 다이가쿠이모(大学芋)에서 연상한 것으로 보인다. '다이가쿠이모'는 직역하면 대학고구마로 고구마 맛탕을 뜻한다.

불안하게 흔들리는 눈동자는 나를 언니야~라고 부르며 잘 따르던 그 시절을 방불케 했다.

요즘 어느새 귀여운 모습을 찾아볼 수 없다고 생각했는데… 호오, 꼭 그렇진 않구나.

"아니. 집에서 다닐 수 있는 곳에 지원하려고."

갑자기 혼자 자취하다니, 망하는 미래밖에 안 보이니까. 그 이후에는 어떻게 될지 모르겠지만.

"정말? 그렇구나?"

불안이 절반 정도 사라진 듯이, 여동생이 어중간하게 고개를 들고 웃었다.

"앗, 내가 집에 없으면 쓸쓸해서 그렇구나~?"

"쳇."

일부러 장난스럽게 말했더니, 테이블 아래에서 여동생이 내 무릎을 발로 찼다.

"쓸쓸함을 해소해 주자~ 얼굴의."

"그만그만그마안."

조금 전에 야시로에게 했던 것처럼 여동생의 뺨도 잡아당기며 놀아 줬다. 장난을 치면서 아아, 그래도 언젠가 그때가 오게 되는구나 싶어 나까지 약간 감상에 젖고 말았다.

나는 이러니저러니 해도, 이 집에서 사는 걸 좋아하는구나.

중학생 시마짱은 약간 반항기였지만, 사춘기도 거의 다 해소

된 지금이기에 나는 그걸 인정할 수 있었다. 말은 안 해도 그런 감정이 전해지니, 엄마도 필요 이상의 말은 하지 않고 내 신경을 거스르는 소리만 해대는 건지도 모른다. 뭐야, 그 어른은. 대처가 너무 유연해서 문제잖아.

"아니?"

히죽대던 야시로가 갑자기 원래대로 돌아와서는 부엌의 벽을 돌아보았다.

"시마무라 씨의 전화가 울렸군요."

"어? 그래?"

나는 전혀 들리지 않았지만, 이 외계인은 평소에 감지하는 능력의 질이 월등히 높으니, 나는 그 말을 믿고 확인해 보기로 했다.

"그 펭귄이 냉장고 문을 열지 못하게 하도록."

여동생에게 지시를 남기고 나는 부엌 밖으로 나갔다. 펭귄이 파닥파닥 움직일 때마다 여동생이 꽉 붙잡고 있는 모습이 시야의 끝에서 슬쩍 보였다. 펭귄이 사는 집. 글자의 이미지만 보면 시크해 보였다.

처덕처덕 소리가 들릴 것처럼 습도가 높은 복도를 지나 방으로 돌아갔다. 전화를 어디 놔뒀는지 방 한가운데에서 잠시 생각하다, 충전 중이었다는 사실이 떠올랐다. 나는 충전기와 함께 자고 있던 전화기를 집어 들었다.

"앗, 정말로 아다치한테서 연락이 왔네."

제법인데, 펭귄? 전화는 그렇다 해도, 집에 누가 올지 감지해 마중 나가는 그건 원리가 뭔지 수수께끼다. 물어봐도 '호호호'라고 말할 뿐이라 원래 그런 능력이 있다고 받아들이기로 했다.

"전화해도 돼… 어? 벌써 왔네."

내가 전화하는 게 더 빠르다고, 항상 그런 생각을 하면서 메시지를 보냈다. 관계에 효율성을 우선하다니, 나로서는 제법 꺼림칙한 일이었다. 아다치는 그런 생각은 해 보지도 않았겠지만. 아다치가 서로 관계가 있다고 의식하는 사람이야, 나랑 아다치네 어머니 정도일 테니까.

아니지. 아다치네 어머니는 또 다를지도 모른다고 생각하며, 나는 전화를 받았다.

"안~녀~엉~"

[여.]

아다치가 '여보세요'라고 하기 전에 목소리를 늘어뜨려 보았다. '여'아다치가 어떻게 말할지 기다려 보니.

[안~녀~엉….]

"아다치의 그런 점은 참 좋아. 아마 전에도 말했겠지만."

기특하다고 형용하면 될까? 그런데 아다치는 별로 약하진 않나? 나보다도 훨씬 강하게 행동하려고 노력한다. 이번에 강한 요소가 있다면, 쑥스러워도 '호헤헤' 하고 웃지 않았다는 것이었다. 그런데 아다치가 언젠가 거동이 수상해지지 않는다면, 그건 그거대로 섭섭할 듯도 하다고 혼자 변덕스럽게 생각도 한다.

"그래서 왜? 그냥 이야기하고 싶어서?"

[이야기, 하고 싶어서 그런데.]

"그런데?"

[지금 시마무라네 집에, 가도 될까?]

"우리 집? 괜찮지만, 더울걸?"

2층의 창고였던 현재의 공부방은 에어컨이 있기는 하지만 요즘 들어 냉방 효과가 무지막지하게 나쁘다. 선풍기도 함께 틀며 간신히 이번 여름을 버티는 중이다. 그런 방에 굳이 오려고 하는 아다치에게는 무엇이 보이는 걸까. 내가 보인다, 라는 답을 떠올리고는 조용히 호헤헤, 하고 웃었다.

[그거야, 시마무라랑 거의 만나지 못했으니까…]

"응? 그런가?"

3일 전에 만나지 않았나? 손가락을 꼽으며 정확히 확인해 보았다.

"3일 전에 데이트하지 않았어?"

데이트하러 간 곳은 쇼핑몰. 그럴 수밖에. 정말로 근처에는 그 외에 따로 갈 만한 곳이 없다. 그리고 역으로 생각해 봐도, 쇼핑몰에 가면 웬만한 것들은 다 있었다. 매일 주차장이 꽉 차는 것도 필연적이라면 필연적이다.

[3일이나…]

불만스러워 입술을 삐죽 내밀고 있는 모습이 말투에서 그대로 느껴져 살짝 웃었다.

"3일이나, 구나?"

이번엔 '이나' 아다치구나. 이렇듯 이상하게 이야기를 연결하고 있는데.

[시마무라를 만나지 못하는 시간은 1초든 100년이든, 전부, 똑같다고 해야 하나? …길게 느껴져.]

"아다치는 시인인걸~?"

가끔 사랑이 너무 깊어서, 내가 그렇게 좋은가? 하고 자신감이 흔들릴 뻔할 때가 있다. 부정당하는 것도 아닌데 자신을 의심하게 된다. 그만큼 아다치의 사랑은 컸다.

너무 크다 보니 그림자가 뒤덮고 있어 내가 보이지 않기도 했다.

계속 서서 전화를 받기가 갑자기 힘들어져, 바닥에 까는 담요를 개어 둔 위에 쓰러졌다. 곧장 그걸 쿠션 대신 사용해 드러누우면서 천장을 멍하니 바라보았다.

[앗, 그럼 공부. 같이 공부하, 할까요?]

망설인 끝에 나온 약하디약한 어미가 아다치다웠다.

"좋아. 할까? 스터디."

스터디. 지금까지 경험해 본 적이 없으니 제법 신선한 울림이었다. 모임이란 형식 자체가 평소에는 나와 인연이 없었다. 거슬러 올라가면 어린이 모임이 마지막이 아니었을까?

"기다리고 있을게~ 서두를 필요는 없어. 위험하잖아."

[응.]

대답이 짧고 금세 전화가 끊어져, 다급하게 서두르고 있다는 걸 바로 알 수 있었다.

전화를 내려놓고 팔을 펼쳤다.

계속 누워 있으면 잠이 들 듯해서, 반동을 이용해 상반신을 일으켰다. 지금까지의 나였다면 눈을 감고 괜히 생각하는 척을 했을 텐데, 역시 뭔가가 변했나 보다.

아다치와 만나 변한 것들이 많다. 그 여러 변화들을 정리해 보니, 의욕이 샘솟았다.

의욕의 원천이 되다니, 굉장한 일이다. 살아가면서, 그런 의욕에 가득 찰 만한 상황이 얼마나 적은지 잘 알기에, 그 불덩어리 같은 아다치를 나는 존경한다.

…그런데.

의욕이 샘솟는다느니 하는 소리를 해 놓고 이러긴 뭐하지만, 아다치가 굳이 우리 집에 와서 같이 스터디.

"흠."

하게 될 리가 없나? 하고 생각했다.

펭귄이 눈앞에서 부유하는 모습을 선풍기의 바람과 함께 눈으로 좇았다. 아무렇지도 않고 둥실거리며 한가롭게 떠 있는 그 인형옷을 보고도 놀랄 기력조차 남아 있지 않다니, 여름이 얼마나 무시무시한지를 실감했다.

해파리 같은 느낌으로 둥실둥실 떠 있는 모습은 제법 환상적이었지만.

예전에 어떻게 날고 있는지 물어봤더니 대답을 해 주었다. 그런데 솔직히 말해 괜히 물어봤다 싶을 만큼 어려운 이야기였다. 기억하고 있는 것이라곤, 이건 나는 중이 아니라는 전제뿐이다. 위치 정보를 고쳐 쓰는 게 어쩌니 라는데, 혹시 이 외계인, 사실은 굉장히 머리가 좋으면서도 평소에는 천진난만한 행동으로 정체를 숨기고 있을 뿐 사실은 호시탐탐 지구 정복을 노리는 게 아닐까? 그런 생각에, 내가 살짝 근처에다 사쿠야마 초코지로라는 과자를 가져다 놓으면 이 외계인은 항상 몰랑몰랑한 얼굴로 행복하게 그걸 먹기 시작한다. 이렇게 하여 지구의 평화는 내 덕에 지켜졌던 건지도? 모른다.

그건 그거고, 나도 가능하지 않을까 해서 귀를 기울이는 중이다. 뭘 어떻게 어떤 식으로 감지해야 하는지는 내가 직접 암중모색해야 하니, 지금으로서는 귀를 움직이는 것 정도밖에 해 볼 수 있는 일이 없었다. 입을 꾹 다물고 있었더니 진정된 자신의 심장 소리 외에는 감지되지 않는 상태가 되었다. 이 정도만 해도 되려나?

아니면 조금 더 아다치를 떠올려 봐야 하나?

잡념으로 마음의 어둠이 이리저리 흔들리고 있는데, 둥~실하고 펭귄이 공중을 떠돌다 내 곁으로 내려왔다. 그리고 쭉쭉, 날개가 복도를 가리켰다.

"아다치 씨가 이제 올 겁니다."

"…모르겠어."

어떻게든 나도 아다치의 방문을 야시로처럼 감지하려고 했지만, 도무지 불가능한 일이었다. 매미 소리보다도 더 크게 아다치가 노래를 해 준다면 알아채겠지만.

일단, 야시로의 감지 능력은 사랑의 힘이라든가, 그런 건 아닌 듯했다. 아다치의 사랑이라면 달의 뒷면으로 가도 닿을 듯했으니까. 아니, 닿기는 닿는다. 하지만 사랑은 감각과도 같은, 그런 성질은 지니고 있지 않은 듯했다. 사랑이란 뭘까? 가능하면 과학 이외의 대답을 언젠가 발견하고 싶다.

외계인이 지닌 미지의 기관에 의지하고 있다면 도저히 어떻게 해 볼 수 없겠지만, 아다치라면 가능할지도 모른다는 생각을 살짝 하기도 했다.

"설거지도 못 하는데, 별난 일은 가능한 녀석이라니까."

"하하하, 잘 모르겠어도 밖에서 기다리면 제일 먼저 맞이할 수 있습니다만."

"음…. 여전히 심오한 듯, 심오하지 않은 듯한 발언이야."

자아, 여동생한테 가렴. 내가 등을 밀자 펭귄이 탁탁탁 복도를 뛰어갔다.

왜 이런 신기한 생물이, 엄마가 나름 신축성이 뛰어나고 유연한 정신을 가지고 있다는 것 이외에는 지극히 평범한 가정에 눌러살고 있을까. 히노네 집이라면 정원도 넓고, 외계인 한 명 정도는 살아도 아무 문제 없을 듯하지만, 어째서인지 우리 집이 선택되었다.

이것도 야시로가 말한 그 운명이란 것일까?

나도 그 운명을 한번 느껴보기 위해 현관으로 나갔다. 요즘엔 전혀 사용하지 않는 농구공이 지금도 선반 위에, 장식처럼 놓여 있었다. 감촉을 확인한 뒤, 다시 구석으로 되돌려 놓았다. 농구공을 만지니 풋풋했던 자신의 과거가 모두 눈에 보이는 듯했다.

초인종을 누르기 전에 문을 열고 밖으로 나가자, 햇빛과 자전거의 그림자가 나를 맞이해 주었다.

"…시마무라?"

"그러는 너는 아다치 사쿠라."

자전거를 옆에 세우고 있던 아다치가 눈을 휘둥그렇게 떴다. 정말로 있구나. 나는 외계인의 초감각에 감탄했다.

"아, 저어… 계속 거기서 기다리고 있었다든가?"

아다치가 무언가를 기대하듯이 눈을 반짝였다. 근처에 태양이

두 개 더 늘어났다. 아다치는 분명 내가 아다치네 집에 놀러 간다고 하면 그렇게 계속 기다리고 있을 셈이겠지. 가 본 적 없지만.

방에 한번 가 보고 싶은데~ 하고 농담처럼 말하니 고개를 절레절레 흔들며 거부했다. 대체 뭐가 장식되어 있기에. 사실은 피라미드형 선반을 만들어 매일 기도를 드리고 있는지도 모른다.

"아니, 그냥. 왠지 아다치의 기척이… 느껴진다면서 누군가가 속삭인 기분이 들었거든."

어중간한 거짓말을 하려다가 멍하니 얼빠진 소리를 하고 말았다. 그 결과 조금 위험한 사람 같은 분위기가 감돌았다. 그런데 아다치의 입매는 사랑스러워 보이는 꽃을 활짝 피웠다.

"그거 왠지… 굉장하지 않아?"

나라면 환청을 들었나 싶어 걱정할 텐데, 아다치는 그런 수준을 초월한 듯했다.

"하하하."

이제 와서 나는 아무런 낌새도 느끼지 못했다고는 말할 수 없어 약간 죄책감이 느껴졌다. 그거야 어쨌든, 아다치가 자전거의 바구니에서 꺼낸 가방을 들고 우리 집으로 한 걸음 발을 들였다.

그때 나는 생글거리며 손을 흔들었다.

"고등학생 시마짱이야~"

"어? …………응?"

조금 생각해 보긴 했는데 역시 뭘 하는지 깨닫지 못한 아다치의 의문으로 가득 찬 모습이 재미있었다.

"아니, 그냥. 말을 안 하면 안 될 듯한 흐름이 느껴져서."

그에 더해 이것 또한 흐름이라며 나는 아다치의 옆을 스쳐 지나가려고 했다. 덧붙여 스쳐 지나간 곳에는 집 입구의 문밖에 없다. 대체 어디를 가려는 것일까, 나는. 그런 생각을 하면서도 옆을 빠져나가려고 했더니 아다치가 스윽 옆으로 이동해 벽처럼 내 앞을 가로막았다. 스쳐 지나가는 일은 이것으로 끝이란 말이었다.

"이렇게 하여 이야기는 시작되었다."

아다치의 눈동자가 물음표 표시를 그리는 모습이 보였다.

"미안해. 오늘은 시마무라의 속도를 쫓아가지 못하겠어."

"응. 그런 날도 있는 법이지, 뭐."

아다치는 항상 전속력으로 달리니 이런 날이 있어도 괜찮지 않을까?

"어서 와. 이제 평소대로 2층으로 안내할게."

"실례합니다… 아, 시마무라네 어머니는?"

"피트니스 센터에 계시니 인사는 안 해도 돼."

아다치의 스커트에서 엿보이는 흰 다리를 슬쩍 본 나는 2층으로 올라갔다. 머리에는 꽤 오래전에 선물한 헤어핀이 아직 건재해서, 물건을 참 소중히 오래 쓰는구나 싶어 감탄했다. 아다치와

함께 있으면 감탄할 일이 많다.

살아가는 방식이 전혀 다르니 모든 게 다 신선했다. 그리고 그렇게나 다른 점이 많은데, 우리는 함께 있을 수 있다. 아다치의 수많은 기행으로 고등학교 생활의 대부분이 채워졌지만, 그런데도 생각보다 만족하는 내가 있으니, 우리는 궁합이 좋은지도 모른다.

방에 들어가 보니, 먼저 틀어 둔 에어컨이 그럭저럭 제 역할을 하고 있었다. 그런데 이 창고였던 방은 이용한 지 꽤 시간이 지났는데도, 여전히 들어오면 반드시 먼지 냄새가 났다.

사람과 마찬가지로 방 또한 타고난 무언가가 있는지도 모른다.

"3일 만에 만나니 어때?"

"응."

아다치가 옆머리를 쓸어 넘기면서 나를 지그시 바라보았다. 정면, 마주 보고 있는 지금은 서로 도망갈 곳이 없었다.

"초, 촉촉해."

"국어 실력이 뛰어나다는 생각이 드는데, 칭찬이라고 받아들일게."

메마른 아다치한테 내가 좌악~ 스며드는 모습을 상상했다. 흐물흐물해질 것 같았다. 촉촉해진 아다치가, 촉촉해졌다기엔 약간 어색한 움직임으로 바닥에 무릎을 꿇고 앉았다. 조신한 자세지만 어깨가 드러난 옷도 그렇고 의외로 노출이 많았다. 나도 옷을 갈아입을 걸 그랬나? 실내복이란 명목으로 입은 목이 늘어진 셔츠를 그대로 입고 있는 내 모습을 보고 조금 후회했다. 비밀이지만 아래에는 작게 구멍도 뚫려 있다.

외출할 예정도 없었던지라 화장도 하지 않았다. 그리고 나한테도 옷차림을 신경 쓸 시간은 있었으나 그사이에 뭘 했는가 하면, 초능력에 눈을 뜨려고 분투했었다.

"……………………."

아무리 열렬한 사랑을 받고 있다지만, 정나미가 떨어지지 않도록 좀 더 노력할 필요가 있을지도 모른다. 아다치는 꼼꼼히 신경 쓰고 있구나. 그런 생각을 하며 얼굴을 들여다보니, 아다치가 등을 쭉 펴서 구부정한 자세가 바로잡혔다.

"왜? 뭐, 뭔데?"

"촉촉한지 살펴봤어."

아직 더워서 나는 선풍기에 전원을 넣었다. 1층의 선풍기는 날개 없는 시대로 접어들었지만, 물려받은 2층의 선풍기는 아직도 녹색 날개가 빙글빙글 풍차처럼 돌았다.

아다치가 안고 있던 가방에서 노트와 필기도구를 꺼내 책상의 가장자리에 올려놓았다.

"정말 공부하려고 다 가져왔구나?"

"응?"

"물론, 할 거야. 공부."

이러쿵저러쿵해도 서로 수다를 떨다가 끝날 줄 알았다. 바다 표범 봉제인형을 옆으로 밀어 앉을 자리를 확보했다. 아다치는 질질질 무릎 꿇은 상태를 유지한 채 맞은편으로 이동했다. 그 움직임을 눈으로 좇으니, 아다치가 희미하게 얼굴을 붉히며 웃으려 하다가 살짝 걸려 넘어질 뻔해 눈만이 촉촉해졌다.

내 앞에서 아다치는 미소가 서툴러진다. 그렇게만 들으면 마치 내가 압력을 가해서 그런 것 같다. 하지만 난 별로 본 적이 없지만, 평소의 아다치는 냉담하다고 해도 과언이 아닌 태도를 보인다고 한다. 초기의 아다치보다 훨씬 차갑고, 누구와 이야기를 해도 표정 하나 바뀌지 않는다고 들었다. 왠지 무섭겠는데?

"아다치. 조금만 차가워져 볼래?"

흥미가 생겨 터무니없는 부탁을 해 보았다. 아다치는 "차갑게?"라고, 의미를 파악하지 못하겠다는 듯이 내 위팔을 붙잡았다.

"아… 같이 수영장 가자고?"

제법 재미있는 해석이었다. 수영장… 나쁘지 않지만 피트니스 센터에 가면 요괴 캇파와 만나게 될지도 모른다.

"아니, 태도 이야기였어. 평소 그대로인 아다치의 모습도 봐 두고 싶어서."

"평소라니? 항상 평소인데… 이게 평소 모습이야."

"얘기를 들어 보니, 평소에는 냉정하고 담담하다던데?"

전해 들은 중학생 시절의 인상은 바로 이 차분한 용모에 어울리는 성격이었다고 한다. 그런 아다치도 보고 싶을 수밖에. 내 중학교 시절은 절대 보여 주고 싶지 않지만. 그렇게 자신은 제외해 두고 나는 아다치를 압박했다.

"지금 아주 냉정한데."

"그럴까~?"

일어서서 책상을 돌아 엉거주춤한 자세로 슬금슬금 아다치에게 다가갔다. 그러자 곧장 냉정함과는 거리가 있어 보이는 모습으로 아다치가 기우뚱하고 무릎을 꿇은 채 몸을 왼쪽으로 기울였다. 궁지로 몰고, 다가가서, 자, 뭘 하면 좋을까. 어딜 어떻게 봐도 빈틈투성이다. 떠오르는 것이라곤 일반적으로 성희롱이라 불리는 행동밖에 없었다.

푸른 기가 도는 검은 머리카락, 빛의 상태로 인해 희미하게 녹색이 섞여 있는 눈동자, 어린이와 어른의 중간에 머물러 있는 얼굴. 새삼 다시 보니, 예쁘다. 잘 정돈되어 있다. 아름답다는 표현이 딱 맞는 얼굴이다.

살짝 손을 잡았다. 아다치의 어깨가 움찔했다. 불안과 다른 감정이 깃든 눈동자가 복잡하게 빛을 냈다. 몰랑, 하고 뺨을 한 번 푹 누르고.

"후후…."

의미심장하게 웃으며 원래 자리로 돌아갔다. 사실은 특별히 뭘 하면 좋을지 떠오르지 않아서 돌아갔을 뿐이었다. 아닌가? 방금 그건 거짓말. 뭘 할지는 떠올랐지만 실행할 용기가 없어 퇴각했을 뿐이다. 그런 행동을 해도 되나? 싶어서 주저하게 된다.

아다치는 전부 받아들여 줄 듯한데, 그래서 더 고민된다.

순진하고 풋풋해. 둘 다. 그러면서 쑥스러움을 감추려고 턱을 괴며 벽을 보고 웃었다.

"시마무라?"

"후후후…."

가끔 1층에서 여동생과 야시로의 큰 목소리가 들렸다. 특히 야시로의 목소리는 쉽게 벽을 통과한다.

"여름방학이 끝나면 문화제가 열리는구나?"

종종 학생다운 화제를 꺼내서 흐름을 바꿔 본다. 노트 가장자리를 가지런히 맞춰 두는 작업으로 심심한 손을 달래던 아다치가 익숙지 않은 말을 들었다는 듯이 의아한 표정을 지었다.

"어? 그런 행사도 있어?"

"응, 실은 그런 행사도 있었어."

작년과 재작년에 참가했던 기억은 전혀 없지만. 신기하다.

"동아리 활동을 하고 있지도 않으니, 할 일은 별로 많지 않을지도 모르지만."

"으음…?"

학교 행사에 큰 관심이 없는 아다치의 반응은 그야말로 무미 건조했다. 그런데 뭔가를 깨달은 듯 갑자기 목소리에 활기가 돌았다.

"같이, 돌아볼, 까?"

"응. 좋아."

따로 같이 돌아볼 상대도 없으니, 서두를 필요 없는데. …그래, 아무도 없다.

눈앞에 있는 너무너무 귀여운 아다치가 나의 전부다.

"이제… 공부도 힐끼?"

"왠지 하기 싫어하는 사람 같아…."

"공부란 원래 다 그런 거잖아?"

적극적으로 나서서 할 만큼 나한테는 적성이 없다. 그래도 매일 계속하고 있으니, 아아, 나는 지금 제법 진지하게 장래를 생각하는구나, 하는 생각도 든다. 여기서 자칫 잘못하면 아다치와 함께 걸어갈 수 없으니까. 지금은 열심히 노력해야 하는 시기라는 사실을 머리가 잘 인식하고 있었다.

좋은 일이다. 그렇게 느끼면서 노트와 교과서를 열었다. 집에서 공부만 하지 말고 어디 학원이라도 다녀야 하나, 하고 여름방학이 되어 겨우 고려해 보기 시작했는데 실제로는 어떨까? 근처에 있다면 다녀도 되겠지만 너무 새삼스러운가? 하기 강습. 조사해 봐도 괜찮을지 모른다.

시작하기에는 늦은 일들이 많이 있다. 때를 놓친 일들이 정말 정말 많다. 그러니까 기본적으로는 지금 필요하다면 뒤로 미루지 않는 게 유리하다. 그런 마음가짐이 100가지의 후회를 99가지 정도에서 머물게 해 준다.

노트에 기록된 어제 했던 공부의 흔적을 오늘 한 번 더 훑어보았다. 이렇게 왔다 갔다 하면서 외우면 의외로 잘 잊지 않는… 것도 같다. 이렇게 노트를 들여다보면 자꾸만 몸이 앞으로 기울어서, 이러면 안 된다는 생각에 등을 쭉 폈다.

그렇게 고개를 드니 아다치와 곧장 눈이 마주쳤는데, 어째서인지 아다치는 힘껏 고개를 돌렸다. 심지어 탁탁 배를 두드리며 자신에게 기합을 넣었다. 갑자기 시합 전의 스모 선수 같은 행동을 시작하는 아다치에게 무슨 일이냐고 물으려다가 그 시선에 대답이 있을지도 모른다는 걸 깨달았다.

교과서와 노트에는 눈길도 주지 않는 아다치가 무엇을 보고 있었을지, 시선을 한번 재현해 보았다. 먼저 아다치의 눈앞으로 손가락을 내밀었다. 아다치가 흠칫하며 몸을 뒤로 젖힌 행동으로 반동을 얻은 것처럼 손가락을 천천히 뒤로 빼냈다. 그리고 방금 전 시선의 행방을 좇았다. 아다치가 "앗, 어, 어, 아냐, 아니야."라고 당황하고 있지만, 그건 모른 척하고. 담담하게 검증을 계속했다. 손가락은 내 가슴께에 도착했다.

아다치의 시선은 내 가슴 부근을 바라보고 있었던 듯하다. 가슴. 이곳이구나? 하고 세탁의 영향으로 뭐라고 적혀 있는지도 확실히 알 수 없어진 영어가 프린트된 셔츠를 내려다보았다. 길게 늘어졌으니, 몸을 앞으로 숙이면 숨겨야만 하는 부분까지 보였을지도 모른다.

흠.

그렇구나.

고개를 들었다.

딸기잼을 얼굴에 덕지덕지 바른 듯한 아다치가 있었다. 윤기 있고 싱그러운 입술 안쪽에서 엿보이는 앞니까지 빨간 생강처럼 물이 들 것 같은 기세였다. 딸기잼도 좋아하고 아다치도 좋아하니, 좋아하는 것투성이라 이득이라고 순순히 받아들일지 말지, 고민되는 순간이었다.

나도 약간은 부끄러웠는데, 그걸 귀의 온도가 증명해 주고 있었다.

"아다치는~…."

발을 들일까 말까 고민됐다. 발이 어중간하게 앞으로 갔다 뒤로 갔다 하며 지시를 기다렸다.

"아다치는, 저어, 접니다…."

동요가 아다치라는 형태를 이룬 모양이었다. 어떻게 할까. 펜을 돌리는 만큼 주저하는 마음도 같이 회전했다. 언급하지 않고 다시 공부할 수도 있다. 하지만 이건 지금 필요한 일… 이란 생각이 들었다. 나와 아다치가 여친과 여친인 이상, 언젠가 마주해야만 하는 문제일 테니, 그렇다면 지금 하자고 결심했다.

말은 몸을 날리듯이, 시야를 흔들어 새하얗게 만들면서 밖으로 튀어나왔다.

"아다치는, 나를 야한 시선으로 보고 있어?"

일단 말을 꺼내면 취소할 수 없다. 기억은 그 취소를 용서치 않는다.

아다치한테서 김이 모락모락 피어오른 듯한 착각이 들었다.

그리고 그 직후, 아다치가 책상에다 머리를 쿵, 하고 부딪쳤다. 책상의 다리를 통해서 바닥이 흔들린 듯한, 인정사정없는 일격이었다. 그 일격에 당황했지만 곧장 고개를 든 모습을 보니 걱정이 더 앞섰다.

"아다치, 뭐 해?!"

"…본적없어."

온 힘을 다한 대답이 그거인 듯했다. 지금은 그것보다 아다치의 머리가 더 걱정이다.

아니, 그런 의미가 아니라.

"머리를 세게 부딪치면 안 되지."

"괜찮아. 진정됐어."

진정되기 위한 대가가 이마에 뚜렷하게 남은 아다치가 뺨과 입매를 꾹 다잡았다. 하지만 아랫입술은 떨리고 있었다. 긴장을 풀면 아다치만의 언어가 흘러넘칠 듯한 분위기가 전해진다. 이

분위기 뭐지? 그런 생각을 하면서도, 일단 꺼낸 화제를 모른 척하고 넘어갈 수는 없었다.

그냥 넘어갔다가 언젠가 이 화제를 다시 꺼내면, 아다치의 이마가 또 새빨갛게 변할 듯했기 때문이다.

"이거, 꽤 진지한 이야기야. 아다치가 나한테 무엇을 원하고 있는지 확인해 두고 싶어서 그래."

나도 말하면서 계속해서 무릎을 매만졌다. 몸의 어딘가를 움직이지 않아선 얌전히 앉아 있을 수 없는 이 감각의 이름이 무엇인지, 나는 아직도 찾아내지 못했다.

"뭘 원하냐니… 많이, 가득…."

아다치가 우물우물, 사탕이라도 핥듯이 입을 움직였다. 그렇게 내가 만족스럽지 않단 말이야?

음~ 칠칠치 못한 모습도 그렇고, 반성할 점이 무척 많아 보이긴 했다.

그래서.

"아다치."

"후엑?"

반응이 왜 이럴까. 작게 선서를 하듯이 손을 들었다.

"이제부터 아다치한테 몇 가지 질문을 하겠습니다."

"넥."

이번 대답에서부터 벌써 혀를 깨물었다. 이대로 가다간 아다치의 혀가 상처투성이가 될 듯하니 그만둬야 할까?

"이건 아주 진지한 질문이니, 부끄러워하지 말고 솔직히 대답해 줘. 서로를 위해서."

묻는 사람도 매우 불안정한 상태를 자각하고 있으니, 결코 아다치를 괴롭히기 위해 하는 일은 아니다. 아다치의 사랑을 해부해 앞으로의 발전으로 연결하기 위한 중요한 행동이다. 지금 그렇게 결정했다.

아다치는 심호흡을 반복했지만, 공기가 어딘가에서 쉭쉭 빠져나가는 소리도 섞여서 들렸다.

"거짓말이라든가, 한 적, 없는데."

말을 끊어 하지 않으면 제대로 발음도 못 할 만큼 동요하고 있는 모양이었다. 괜찮을까 몰라.

하지만 평상시의 아다치도 지금과 크게 다르지 않을지도 모른다.

만약 누가 나한테 했으면 아주 싫어했을 거고, 바로 도망가 버렸을지도 모를 질문을 아다치에게 내던졌다.

"아다치는 내 가슴… 가슴 말이야. 가슴을 봤는데."

"본 적 없어."

"처음부터 거짓말을 하다니."

"어머시마무라도참."

목소리가 완전히 뒤집혀 있었다. 그런데 어째서일까, 목소리

176

가 뒤집히니 평소보다 더 말이 유창하게 들렸다. 눈이 핑핑 돌아 그 덕에 혀까지 술술 잘 돌게 됐으리라 판단된다. 지금 아다치의 머릿속에서는 무엇이 휘돌고 있을까. 별인가?

"봤어도 괜찮아. 전에 수학여행 갔을 때, 욕실에서도 날 빤히 쳐다봤고."

"그건! …그건……………."

변명이 떠오르지 않는지 아다치의 목소리가 점차 시들어 갔다.

"그건, 그냥 봤을 뿐이야…."

"그러신가요?"

왜 봤나요? 하고 물어도 봤을 뿐… 이라며, 마치 잠꼬대처럼 그런 말을 반복하는 아다치를 쉽게 떠올릴 수 있었다.

"그렇다면 방금도 그냥 봤을 뿐이구나?"

붕붕, 아다치의 머리카락이 마구 뒤흔들렸다.

"정말로, 안 봤어… 조금…."

"조금? 응, 조금 뭐?"

"조금도!"

아다치가 의문스러운 언어를 구사해 완벽히 방어 진지를 구축했다. 나도 그러냐고 인정하면 이야기는 이것으로 끝이 난다. 어떻게 할까, 생각해 봤지만 진지하게 화제를 이어 나가는 수밖에 방법이 없을 듯했다.

"아다치. 부끄러워하지 않아도 괜찮으니까 솔직해 말해 줘. 나도 여러 가지 면으로 각오를 다질 필요가 있으니… 무슨 말을 하든 싫어하지 않아. 오히려 사랑하게 될 거야."

마지막에 덧붙인 말 때문에 오히려 더 거짓말 같아지지 않았나? 나도 그런 생각을 했다. 그리고 부끄러워할 필요 없으니 말하라니, 이거 꽤 상대를 압박하는 말이다.

그렇지만 내가 이렇게 진지하게 나설 일은 그리 많지 않으니, 지금의 기회를 놓치지 말았으면 했다.

엄마의 손을 놓쳐 버린 어린애 같은 아다치의 눈동자를 보고 나는 생글생글 웃어 주었다. 솔직하지 못했던 시기의 나한테는 이런 행동이 의외로 효과를 발휘했었다. 그래서 지금 그걸 흉내 냈다.

내가 진지하게 이야기해서 아다치가 그럭저럭 진정이 됐는지, 다시 무릎을 꿇고 앉았다.

내 손가락이 톡톡, 바쁘게 무릎을 두드렸다.

"……봤어. 미안해."

야단맞은 어린이처럼 잔뜩 움츠리며 아다치가 고백했다.

"사과할 필요 없어."

없으리라 본다.

"다시 처음 질문으로 돌아가려고 하는데… 아다치는 뭔가, 싹트기… 징조가…."

뭐라고 완곡하게 말하면 될까. 유의어 사전이 필요했다. 하지

만 찾아보면 보는 대로 내 귀가 뜨겁게 달아오를 듯했다. 에어컨도 선풍기도 식힐 수 없을 만큼, 나와 아다치의 열기는 계속해서 상승했다. 여름이다. 나와 아다치의 관계는 봄을 지나 지금, 여름이 찾아온 상황이다.

"알겠어. 좋아, 좋아… 그냥 모든 질문을 하나로 정리해서 물어볼게. 아다치는 나랑 야한 짓을 하고 싶어?"

괜히 비틀지 않으니 말이 더 쉽게 나왔다. 턱을 괴고 있는 손끝이 바쁘게 귀를 때렸다. 비가 귀를 때리는 듯한 소리가 들리는 중에 아다치가 꿀꺽, 하고 숨을 삼키는 모습이 보였다. 아다치의 정서가 지나치게 완급을 조절하다 붕괴하지나 않을까 약간 불안해졌다.

"거듭 말하는 거지만, 있잖아, 솔직한 의견을 말해 줬으면 좋겠어. 나도 아다치가 원하는 바에 응해 주고 싶거든."

상대를 외면하지 않고 직시한다는 것은 바로 그걸 말하는 게 아닐까. 상대가 연인이라면 더욱 그렇다.

연인.

의식하면 가장 낯간지러운 관계. 연인이 있구나. 나한테. 그런 생각을 하면 가끔 신기한 기분이 들기도 한다.

"하… 음… 은, ……만…."

"뭐라고?"

머리 주변에 별님이 빙빙 도는 듯한 아다치였다. 눈만큼이나

입도 역할을 해 줬으면 하는 바람이다. 으으으, 하고 작게 소리를 내던 아다치가 슬쩍 눈을 들어 나를 올려다보았다.

"시마무라는 어떤데?"

어? 조금 전 종잡을 수 없던 그게 대답이었던 건가?

물론 말을 흐리는 방법이나, 눈길을 피하는 모습이나, 안색 등으로 전부 말을 한 셈은 한 셈이지만. 아다치는 언어 이외에도 의견을 전달하는 방법을 많이 알고 있다. 온몸과 온 마음을 다해 전체 준다. 그런 점이 무척 더할 나위 없이 좋은 면이긴 하다.

"어떠냐니?"

아다치의 촉촉한 눈동자가 아래를 보고 나를 엿보고 하다가 혹 아래를 향했다.

"그러니까… 시마무라는 야하다고….""

"다 생략해서, 듣기에 오해가 있을 만한 표현으로 압축돼 버렸는데요?"

시마무라가 야하긴 한데. 시마무라, 호게츠니까*. 아다치 사쿠라는… AS, 서비스 구역 같다. 그런 말도 안 되는 생각을 하는 동시에 아다치의 질문에 관해서도 자문을 해 보았다.

"나는… 음~ 으~음."

즉, 아다치가 묻고 싶은 말은 내가 야한 짓을 하고 싶은가, 야

※호게츠니까 : 시마무라의 이름인 호게츠의 이니셜인 H(엣치)는 속어로 야하다. 변태스럽다 등의 의미로 쓰인다. 변태를 뜻하는 '헨타이(變態)'의 영문 이니셜에서 온 것.

한 눈으로 자신을 봤는가, 그런 말이겠지. 음~ 아다치를 위아래로 거리낌 없이 확인해 본 다음.

"솔직히 말하자면 지금까지 생각해 본 적 없어."

아다치와 함께 있으면 즐겁지만, 옷 너머를 상상해 본 적은 없을지도 모른다. 나에게는 눈에 보이는 아다치가 전부다. 그러한 본심은 아다치의 바람과는 꽤 많은 차이를 보일 가능성도 있었다.

아다치는 나의 이런 대답을 순순히 받아들일까?

아직 나를 올려다보던 아다치의 입술이 살짝 뾰로통해진 듯이 보였다.

"그럼, 됐어."

"삐치지 말고~"

"삐친 적 없어. 그게 아니라… 알겠어. 좋아, 좋아. 말할게, 말할게, 말할게. …그런 마음이 없다고 한다면, 뭐냐. 좀 그렇긴 하지만. 그렇다 해도 그게 일방적이어서는 절대 안 되니까."

아다치가 자세를 바로잡고, 발을 내디디듯이 나와의 거리를 좁혔다.

그렇다. 아다치는 언제나 무언가를 진행하려고 할 때 나에게 바짝 다가선다.

내 앞으로 온다.

"시마무라가 야한 생각이 들 때까지, 나는… 기다릴게."

"……………………아다치."

결의는 아름답지만, 말 자체는 정말… 엄청나.

그런 결의에 응답해 주기만 해도 내 머리는 텅 비어 버릴 것만 같았다.

그런데 차분하게 때를 기다리고 있구나, 아다치…. 예전 같았으면 기다릴 수 없다며 마구 달려들었을지도 모르는데. 내 마음이 의외로 잘 전달되고 있는 걸까? 이렇게 해서 조금이라도 아다치기 마음을 놓을 수 있다면 나름… 만족스러울지도 모른다.

"미안해, 아다치. 참아 줘."

"아냐아냐참은적없어."

괜찮다고 하면서도 눈이 핑핑 돌기 시작했다. 아하하, 하고 웃음소리가 새어 나올 뻔했다.

"그렇지만 나로서도… 그런 다정한 마음에 응답해 주고 싶으니, 상이라고 할까? …만지고 싶은 곳이 있다면 만져도 좋아."

마음대로 하라는 의사를 표현하기 위해, 나는 팔을 벌리고 아다치를 받아들이기 위한 자세를 취했다.

"호?"

아다치의 입이 타원형을 그리며 얼빠진 목소리를 내쉬었다.

"아다치가 만지고 싶은 곳. 딱 한 곳만이다? 부위는 어디든 상관없어."

여친이니까 이 정도는 괜찮겠지?

어디든. 너무 쉽게 허락하는 게 아닌가 잠시 생각도 했었지만, 역시 안 되겠다고 정정은 하지 않았다.

아다치라면, 어디를 만진다 해도 불안은 할지언정 혐오를 느끼지는 않는다.

사랑이란, 제법 만능일지도 모른다.

여전히 타원형을 그리고 있는 아다치가 쉬이익~ 하고 마치 증기로 움직이는 사람처럼 수증기를 뿜으며 말했다.

"시마무라의…?"

"시마무라 이외라도… 아니지, 그건 안 되나? 응, 나."

다른 사람은 보증도 할 수 없고, 내가 허락할 수 있는 사람은 나뿐이다.

만질게, 하고 아다치의 섬세한 손끝이 문자를 그리듯이 방향을 바꾸었다. 주변을 두리번두리번하다가 아다치가 조용히 몸을 웅크렸다. 바닥에 이마를 밀착하며 몸을 굼실거렸다. 그 상태로 뒹굴뒹굴하다 아기처럼 말고 있던 몸을 갑자기 번쩍 일으켜 뒤로 젖혔다. 그리고 곧장 몸을 또 둥글게 말았다. 눈을 번쩍 뜬 채로 땀만이 뻘뻘 흘렀고, 조금 전까지 그렇게 윤기가 넘치던 입술이 급속히 메말라 가는 모습을 눈으로도 확인할 수 있었다. 에너지다. 지금 아다치는 내부에서 엄청나게 에너지를 소모하는 중이었다.

굉장해. 지금 아다치는 세상에서 제일 심각하게 고민하는 소녀가 아닐까? 이렇게 번민하며 도롱이벌레처럼 바닥에서 몸부림치는 사람은 처음 봤다. 갈등과 욕구와 체면과 공포와 정의가 한데 모여서 서로 치고받고 있으리라 추측된다. 누가 이길까? 역시나 욕구가 크게 휘두른 펀치가 다른 모든 것을 날려 버리지 않을까? 아니면 수비를 단단히 다진 정의가 견실하게 승리를 쟁취할 것인가.

지금만큼 아다치의 머릿속을 들여다보고 싶다고 생각한 적이 없었다. 틀림없이 넓은 홀이 메워질 만큼 큰 음성이 서로 교차하고 있겠지. 하지만 이 고뇌를 극복했을 때, 틀림없이 아다치는 성장한다. 정말인가? 힘내라, 아다치. 아니, 절대 그럴 리는 없다. 힘내라, 아다치.

이윽고 바다표범과 함께 열심히 굴러다니던 아다치가 천천히 몸을 일으켰다.

눈에서는 둔탁하고 진한 빛의 덩어리가 보였다.

아다치가 어떤 갈등을 극복하고 일어났는지, 그 답을 한번 보도록 할까.

눈을 감은 아다치가 왼손을 앞으로 내밀었다. 그리고 곧장 아주 느릿느릿하게 나에게 다가왔다.

"눈을 감아도 되겠어?"

"안 감으면 팔을 뻗을 수 없어!"

그런 사정이 있었을 줄이야. 미안하다며 무심코 나는 고개를 숙이고 말았다.

마네킹처럼 뻣뻣하게 굳은 아다치의 팔이, 열을 쥐고 있는 듯 꽉 쥔 주먹을 앞세워 다가왔다. 한 대 얻어맞는 게 아닌가 싶은 광경 속에서, 눈을 감고 있으면서도 아다치의 손은 정확하게 나를 향해 다가왔다. 사실은 살짝 눈을 뜨고 있는 게 아닐까?

역시 공부는 하지 못했구나, 하고 책상 위의 노트를 슬쩍 보고는 어깨를 흔들며 웃었다.

아다치의 손이 어디에 닿든 받아들이려고 나도 눈꺼풀을 닫았다. 눈을 감은 두 사람이 서로 마주 보고 있고, 한 사람은 손을 뻗고 있었다. 이게 대체 무슨 상황이지? 하고 생각하면서, 나는 어둠 속에서 아다치를 기다렸다.

기다리는 사이에 떠오른 건 올여름에도 만나게 되는 친구.

이게 마지막일지도 모른다. 만날 때마다 항상 그렇게 생각한다.

그래도 나는 만나고 싶으니 만나러 간다.

마침 지금의 아다치처럼.

빛이 켜졌다. 흔들리는 불처럼, 열기가 나에게 다가왔다.

열기는 머뭇거리면서도 점차 나를 침식해 들어왔다. 불과 내 살결. 무엇이 먼저 녹아내리게 될까.

그런데 의외로 파악이 되는구나. 아다치의 손가락은 눈을 감고 있는데도 어렵지 않게 파악할 수 있었다.

아다치의 감촉? 영혼? 그런 것이 손가락에 깃들어 있는 걸까?

아하. 이런 감각을 점점 길게 늘어뜨리면 언젠가 저 멀리 있는 아다치의 존재마저도 감지할 수 있게 되는 건지도 모른다.

벌어지는 일과 머릿속을 휘도는 사고는 명백히 밝기의 차이가 있었다.

"아….."

아다치의, 수많은 감정이 내포된 숨결이 흘러나오는 소리를 듣고 나도 현실로 돌아왔다.

눈을 떴다.

"그렇게 나왔구나?"

이게 아다치의 본심. 어둠 속에서 접촉한 그것은 아다치의 마음 그 자체였다.

어디를 만졌는지는 나와 아다치만이 알면 그것으로 충분했다.

아다치는 꿈속에 들어갔다가 나온 사람처럼 불확실한 무언가를 붙잡으려고 손가락을 쥐었다 폈다 했다. 나는 그런 아다치를 바라보면서 참 평화롭다며 슬쩍 웃었다.

눈을 감고 있는 사이에도 누군가가 죽는 이 세상에서 우리는 무얼 하고 있는 걸까. 누군가는 어이없어할지도 모른다. 화를 낼지도 모른다. 하지만 나도 언젠가는 죽고, 눈앞에서 지금 치열하게 살고 있는 아다치도 죽는다.

눈동자를 굴리지도 않고 단지 감은 채, 귀까지 빨개지는 일 없는 아다치의 차가운 얼굴을 상상했더니, 아아! 하는 감정이 일었다. 내가 무엇을 해도 영원히 변화가 없고, 일어나지 않는 아다치의 모습을 떠올리자, 아아! 하는 감정이 일었다.

……아.

왠지 너무 불쾌해져, 가슴이 무너져 내릴 듯했다.

괴로웠다.

아다치를 잃는다면 나 자신이 찢어진 치즈처럼 변해 버린다. 상반신이 세로로, 어깨부터 찢겨 나가는 모습과 감촉을 고스란히 상상할 수 있었다. 그만큼 아다치는 나의 현실 감각에까지 파고 들어온 존재였다.

아다치라는 벚나무의 뿌리가 뻗어 와 나를 휘감아… 아아, 더는 떨어질 수 없겠다고 실감했다. 하지만 머리 위에 피어 있는 꽃은 너무나도 아름다워서… 나는 그것만으로도 만족스러운 듯했다.

아다치는 칠전팔기 같은 모습을 선보였지만, 오늘도 마지막에는 도망치지 않았다.

가르쳐 주지 않은 것마저 해내는 능력이 재능이라고 누군가가 말했었다.

그럴지도 모른다.

하지만 아다치는 아무에게도 배우지 않은 일을 자신 나름대로 해내려고 했다.

성공할지는 알 수 없지만, 불안해도 도망치지 않는다.

그것 또한 재능이 아닐까. 나는 그렇게 생각한다.

"아다치."

"으흥?!"

갑자기 말을 걸자 아다치가 30퍼센트나 더 땀을 흘리며 우뚝 동작을 멈췄다.

"재능이 있어."

"부후우부우?!"

입안에서 폭탄이라도 깨물지 않았나 싶은 목소리였다.

여러 가지를 생략했더니 감상적인 느낌이 사라져 오해를 부를 듯한 한마디가 되어 버렸다. 이걸 친절하게 일일이 설명했다간, 이번엔 내가 기성을 지르며 펄쩍 뛰게 될 듯했다.

그러니까, 그냥 넘어가도 괜찮지 않을까.

"아다치, 야해야해~"

수치심을 초등학생 같은 사고 회로에 흘려 넣어 타격을 최소화했다.

"으아아아, 어버버."

한가롭게 놀고 있던 오른손을 파닥파닥 위아래로 흔들면서, 아다치가 새파래지기도 하고 빨개지기도 하며, 극단을 오갔다.

이거야, 이거.

나는 이런 아다치를 보고 싶었다.

이런 아다치가. 나는 만족에 휩싸였다. 지금의 나는 아다치에게 이걸 원했다.

지금 원하는 바는 서로 일치하지 않을지도 모른다. 하지만 꼭 이해하고 말겠다.

배우고, 또 배우고, 깊게 파고들어… 하늘이 부여한 재능이 없어도 도달하고야 말겠다. 그 시간을 나와 아다치는 기다리고 있는 거겠지. 아직 시간은 많다. 그게 가장 큰 행복인지도 모른다.

그리고 재능이 없으면 없는 대로 힘껏 매달려 보이겠다.

아다치가 휘두르는 손가락을 바라보았다.

그 손끝이 자신에게 닿았다는 사실을 되새기면서 조용히 눈을 감았다.

눈을 감고 있는 사이에도 누군가는 죽고, 그리고 누군가는 태어나는 세상에서.

'여름인가 아닌가는 별로 관계가 없었다'

학교 수영장에 갔다가 돌아오는 길. 어린 판다가 아장아장 걷고 있었다.

"......................."

모퉁이 너머에 예상치도 못한 생물이 있어서 무심코 걸음을 멈췄다.

판다는 파란 가방을 짊어지고 있었다. 가방이 본인보다도 더 커 보일 정도였다. 서서히 경치에 스며드는 빛 속을 판다가 걸어가는 모습은 무척이나 신기했다.

판다 차림으로 걷다니, 혹시 야치~? 그런 생각이 들어 쫓아가서 얼굴을 들여다보았다.

"어?"

야치~보다 더 키가 작은 아이와 눈이 마주쳤다. 그 눈을 보니 안에서는 하얀 반짝임이 조용하게 구름처럼 소용돌이치고 있었다.

"뭐·냐·아~?"

"앗, 이건 기시감이야."

작년에도 이렇게 딱 마주쳤던 것 같은 기분이 들었다. 그때도 판다였던가?

전에는 분명히 야치~랑 착각해서 말을 걸었다. 뒷모습이 어딘가 닮았다고 느껴서 그랬는지는 모르겠지만, 새삼 봐도 얼굴은 하나도 닮지 않았는데 야치~와 비슷한 분위기가 느껴졌다.

백은색으로 빛나는 머리카락과 눈썹이 눈부셨다. 눈동자는 야치~의 보라색이 중심이 된 색보다는 연하고, 파랬다.

사진에서 본 지구가 그대로 눈에 들어가 있는 것 같았다.

"음? 날 아나?"

"안다고 할지… 전에도 본 적이 있지?"

"그런가."

짧은 대답을 한 뒤, 대화는 끝났다는 듯이 앞을 보고 판다가 또 걷기 시작했다.

키는 작은데 날카로운 말투는 마치 어른 같았다. 뒷모습은 아직 초등학생이 되기에도 멀어 보이는데. 아장아장 걷는 모습을 바라보다가 그 뒤를 쫓아가 나란히 걸었다.

"음?"

"어린이는 혼자 놔두면 안 되니까."

으쓱, 하며 손가락을 세우고 말했다. 판다는 "어린이?" 하고 고개를 갸웃했지만 "별로 상관 없다만." 하고 내 옆에서 나란히 걸었다. 판다의 후드 안에 건드리면 부러질 듯이 희고 섬세한 머리카락이 빛나고 있어 그 모습에 눈을 빼앗겼다. 달빛을 바로 가까이에서 받고 있는 듯한, 가벼운 으스스함.

하지만 매끈매끈한 뺨은 잡아당기면 주욱 잘 늘어날 듯했다.

"가방 참 크네?"

"외출한다고 했더니 이것저것 챙겨 주더군."

후후. 판다는 기분이 좋은 듯했다.

"아빠랑 엄마는? 길을 잃었어?"

"이번에는 잃지 않았다만?"

뒤의 질문에만 대답한 판다가 저쪽이다, 하고 어딘가를 가리켰다. 가리킨 곳은 사거리로, 그곳을 지나 똑바로 나아가면 공원이 나온다. 판다는 그 공원을 가로질러 옆으로 이동했다.

그곳 근처에는 작은 묘지가 있었다.

안쪽은 밭으로, 전망이 좋은 곳이었다. 무덤의 숫자도 손가락으로 꼽을 수 있을 만큼 얼마 되지 않았다. 무덤에는 거의 와 본적이 없어서 목이 살짝 움츠러들었다.

판다는 그 작은 묘지의 커다란 무덤 앞에서 멈췄다.

그 커다란 무덤에 적힌 글자는 어려운 한자가 많아서 읽을 수없었다.

"이건… 누구 무덤이야?"

무덤을 앞에 둔 상태로 어떻게 물어보면 될지 몰라 고민되었다. 친구일까, 가족일까, 할아버지나 할머니일까? 여러 사람을 상상해 볼 수는 있었지만, 함부로 물어서는 안 될 것만 같았다.

"누구인지는 나도 몰라."

"뭐?"

"하지만 약속했으니까."

판다가 가방에서 가늘고 긴 병을 꺼냈다. 별사탕이 가득 들어 있는 병이었다.

"우리는 약속을 지키는 게 취미라더군."

병을 무덤 앞에 놓고 판다가 무덤을 가만히 바라보았다.

"취미?"

"아무런 이득도 없는데 하는 일. 취미란 그런 거잖아?"

판다가 담담하면서도 단호하게 말을 하고서는 가방을 다시 멨다.

"좋아, 이제 됐겠지. 먹자."

판다가 방금 무덤에 바쳤던 별사탕이 든 작은 병을 집어 들었다. 이걸 기다렸다는 듯이 싱글벙글한 표정이다.

"손을 내밀어라. 절반을 주마."

"그래도 되겠어?"

"그건 원래 그렇게 먹는 거다."

큭큭큭. 판다가 말투와는 전혀 어울리지 않는, 사악한 웃음소리를 냈다.

병 안에 가득 담겨 있던 보라색과 파란색, 그리고 흰색의 별사탕이 내 손바닥에 쏟아졌다. 적당히 단단한 알갱이가 손바닥을 쿡쿡 찔렀다. 하지만 빨리 먹지 않으면 녹아서 손바닥이 끈적해질 듯했다.

판다는 남은 별사탕을 전부 좌르륵, 입안에 쏟아 넣었다.

손바닥에 쏟아진 별사탕을 가만히 바라보다가 나도 화악 한꺼번에 입속에다 넣었다.

무덤 앞에서 둘이 뺨을 계속해서 우물우물 움직였다.

우물거리면서도 판다가 만족스럽다는 듯이 교묘히 웃고 있어, 나도 문득 배 속에서 웃음이 새어 나왔다.

성묘(?)를 끝내고 판다를 초대해 보았다.

"우리 집에 들렀다 가지 않을래? 좋은 친구가 될 것 같은 아이가 있는데."

야치~라면 반짝반짝 친구가 될 수도 있을 것 같았다. "으음." 하고 판다가 눈을 이리저리 움직였다.

"아쉽지만 저녁 시간이 되기 전에 돌아가야 해서."

"그렇구나~"

판다한테도 자기만의 집이 있는 듯했다. …대나무숲?

"…으음?"

판다가 갑자기 내 손에 얼굴을 바짝 대고 바라보았다. 그 시선을 따라가 보니 그곳에는 지금도 손가락에 묶여 있는 물색 머리카락이 보였다.

많은 시간이 지났는데도 사라지지 않고 여전히 반짝이는 흐림 없는 나비가 날갯짓을 하고 있었다.

"왜 그래?"

"아니. 본 적이 있는 색이어서 말이다."

"색? 물색… 어? 역시 야치~랑 아는 사이야?"

"자, 이제 잘·가·거·라."

남의 말을 마지막까지 듣지 않는 판다가 탁탁탁 달려서 떠나갔다.

"저런 점도 야치~랑 닮았어….”

건성건성 달리는 것 같아도, 은근히 빨라서 따라잡을 수 없는 점까지도.

내년에도 또 만나게 될까?

여름은 신기하게도 만남의 계절인지도 모른다.

무덤을 떠나 집으로 돌아갔다.

야치~한테 방금 그 이야기를 하고 싶어서 조금 발걸음이 빨라졌다.

"어서 오십시오.”

"어? 정말로 돌아왔네?"

집의 문을 열자 엄마랑 엄마 머리에 달라붙어 있는 돌고래가 나를 맞이해 주었다.

여름은커녕 1년 내내, 신비함은 우리 집을 가득 채워 주고 있는 모양이었다.

'Remember22'

다리를 힘껏 뻗어도 한 걸음에는 닿지 않을 정도로, 조금 멀리 가는 날이었다.

언제 이후로 타게 됐는지도 기억할 수 없는 신칸센의 승차감은 생각보다 빠르고 쾌적했다.

"그치?"

옆에 앉아 있는 아다치와 공유할 수 있을 리 없는 생각에 관해 물어봤는데, 잠시 눈을 둥글게 뜬 후 아다치가.

"응."

무슨 말인지 모르면서도 다정한 대답을 해 주어, 나는 무척 만족스러웠다.

스물두 살의 여름이 무언가를 뒤쫓기 위해서 힘껏 가속했다. 그 창문 너머의 경치를 곁눈질로 바라보며 지금까지 지나온 여름을 떠올려 보았다. 그저 웃기만 했던 초등학생, 초조하기만 했던 중학생, 그리고 아다치와 만나기만 했던 고등학생 시절의 여름.

여름이 올 때마다 하나씩 반짝임을 되찾았다. 기억하고 있어야만 하는 일들도, 기억하고 싶지 않은 일들도 색으로 물들어 쉽게 되돌아볼 수 있었다. 남의 이름과 얼굴은 비교적 쉽게 잊어버리는데, 나와 관련된 일은 기억력이 좋은 편이다. 의외로 자기중심적인 인간인지도 모른다.

마찬가지로 스물두 살인 아다치의 머리카락은 고등학생 시절보다 눈에 띄게 길어져 있었다. 그 머리카락의 흐름은 일찍이 존재하던 어린 시절에 뿌리를 내리고 커다란 나무로 성장시킨 것처럼 어른스러운 옆얼굴을 그려냈다. 어느새인가 다정한 표정이 잘 어울리는 모습이 되었다. 누군가가 아다치 씨는 좀 차가운 분위기라고 말했지만, 나는 아직 그 차가운 아다치와 만나 본 적이 없다. 만나지 않는다면 그보다 더 좋은 건 없겠지만.

여행의 목적지는 관광지로 유명한 마을. 여름 휴가철에는 우리 이외에도 찾아가는 사람이 많으니 붐빌 거라고는 충분히 예상할 수 있었다. 여름에 사람으로 붐비는 광경은 상상만 해도 우웩, 하는 감정이 샘솟지만, 그걸 잘 알면서도 왜 목적지를 그곳으로 정했는가 하면, 목표로 하는 해외와 조금이나마 가까운 여행지였기 때문이다. 거리가.

그런 단순한 이유로 동쪽으로 여행을 떠나는 사람도 드물지 않을까 한다.

그리고 그 마을은 바다에서 가깝다. 바다 내음은 내가 사는 마을 안에서는 느낄 수 없다. 그러니까 그걸 느낄 수 있다면, 조금 멀리 왔다는 기분을 맛볼 수 있지 않을까 생각했다.

"시마무라, 이거 봐."

아다치의 목소리에 돌아보니, 종이학이 있었다. 열차에 오르기 전에 샀던 도시락의 포장지가 학으로 변한 듯했다. 한가해서 그랬는지, 아니면 접을 수 있다고 나한테 자랑하고 싶어서였는

지는 모르겠지만.

조금 의기양양하게 아다치의 손바닥에서 날개를 펼치고 있는 종이학을 보니 자연히 미소가 계속 피어났다.

꽤 오랜 거리를 달린 신칸센에서 내려, 다음은 일반 전철로 환승했다. 전철은 승객으로 가득해, 신칸센처럼 앉을 여유가 없었다. 아다치와 서로 어깨를 맞대고 출입구 문 옆에 서서 전철이 목적지에 도착하길 기다렸다. 짐이 정말로 얼마 되지 않는 아다치와는 달리 나는 나름 꽤 커다란 가방을 들고 있다. 무언가 상징 같기도, 단지 성격 같기도. 그런 생각을 하며 흔들리는 전철에 몸을 맡겼다.

그냥 멈춰 서 있기만 했는데도 열차는 이윽고 우리를 목적지에 데려다주었다.

이게 문명의 힘이구나, 하고 이상한 감동에 휩싸였다.

"도착한 감상은 어때?"

역의 계단을 내려가면서 아다치에게 물어봤다. 아다치는 조금 생각하듯 먼 곳을 보더니.

"어~ 그게~… 어쩌지? 아직 특별한 감상이 없어."

"우연인걸? 나도 그런데. 똑같네?"

그러자 아다치가 가볍게 안도했다는 듯이 입꼬리를 누그러뜨렸다. 웃은 모습으로 인해 낙제점을 받는 아다치는 더는 존재하지 않았다.

개찰구를 지나 번쩍이는 햇빛 아래로 나가니, 인력거가 택시 같은 얼굴로 늘어서 대기하고 있었다. 누가 봐도 딱 관광지다운 모습이다.

"실물은 처음 봐."

저거, 하고 소심하게 가리키며 아다치에게 말했다. 아다치의 눈도 인력거를 포착하고는 "지금 타면 더울 것 같아." 하는 감상을 말했다. 그건 그렇다. 지붕도 없는 탈것이니까. 그런데도 이렇게 대기하고 있으니, 타는 손님이 있다는 거겠지.

좌석 옆에는 인력거꾼으로 보이는 사람이 서 있었다. 핫피라고 하는 전통 겉옷을 입은 금발의… 여성이었다.

짊어지고 있는 게 아닌가 할 만큼 매우 가깝게 느껴지는 짙은 파란 하늘을 배경 삼아 서 있었다.

힘을 많이 써야 하는 일처럼 보이는데, 젊은 여성도 할 수 있구나. 막연히 그렇게 생각하며 바라보는데 그 여성이 돌아봐 눈이 마주쳤다. 서로의 움직임이 순간적으로 딱 멈췄다.

먼저 눈치챈 사람은 누구였을까.

"선배."

"어서 옵쇼, 어서 옵쇼. 한여름의 추억으로 인력거 어떠신가요? 택시가 옆에 있다고? 버스가 더 싸다고? 인력거에는 있습니다, 그~ 따뜻함이! 햇볕이 내리쬐고 있으니 약간 지옥일지는 모르지만 이 계절에 한번 타 보세요, 추억이 확 밝아지고 마구마구 불탈 테니. 언젠가 멀리서 한번 돌아보세요. 아아, 너무나도 반짝여서 사멸 직전의 뇌세포로도 돌아보기가 아주 쉽답니다! 수고가 필요 없답니다! 기억에 새겨지는 건 불꽃놀이만이 아닙니… 응? 선배라고?"

처음부터 대화할 의지가 없이 일방적으로 말을 내던질 준비만 한 채 인력거를 끌던 선배가 겨우 의아한 표정을 지었다. …정말 아는 사람인가? 하고 확신을 하지 못하는 반응이었다.

중학교 시절의 농구부 선배였다. 나이는 한 살 위로, 마지막에 만난 건 고등학교 1학년쯤인가? 그즈음이었을 테니 시간이 꽤 많이 지났다. 그런데도 딱 보고 기억할 수 있었는데, 저 선명한 금발 덕분일까?

일단 먼저 눈치챈 사람은 나였던 모양이다.

"후배네."

말이 마지막으로 갈수록 안쪽으로 꺾여 들어갔다.

"이름 말할 수 있나요?"

선배가 굳었다. 역시 모르나 했는데, 로딩이 끝났다는 듯이 선배의 입술이 움직였다.

"시마무라잖아."

잘 맞혔습니다.

"너무 늦게 알아챘어요."

"아하하하. 그만큼 일에 열심이라는 거지."

얼버무리는데도 아무런 거리낌이 없는 상쾌한 웃음소리였다.

이런 식으로 웃는 모습은… 아니지, 좀처럼 웃지 않는 사람이었다. 내가 아는 한.

"마지막으로 만난 지 6년인가 7년 됐지? 입학한 초등학생이 6학년이 되어 만나러 와도 왓츠 유~가 되지 않을까?"

"그야 그렇겠지만요."

아무리 생각해도 잘못된 영어다.

"어느덧 란두셀이 어울리지 않는 나이가 되었구나."

"대체 뭐가 보이는 건가요, 친척 아주머니?"

"거기다 이런 곳에서 시마무라 아무개를 만나리라고는 전혀 예상치 못했어."

"그거야 뭐… 저도 선배를 만날 줄은 생각도 못 했어요."

그 존재 자체가 완전히 머릿속에서 사라진 상태였다. 그런데도 이 금발 계열의 머리카락을 딱 보자마자 기억이 연결되니 참 대단한 기호라는 생각이 든다.

살던 곳과 멀리 떨어진 곳에서 금세 알아보는 사람을 우연히 만나게 되다니. 신칸센은 정말로 똑바로 달렸던 걸까? 내가 잠시 눈을 뗀 사이에 유턴해서 원래의 역으로 돌아간 건 아닌가 하는 의혹이 대두되었다. 하지만 내가 살던 곳에서는 인력거가 달리지 않는다.

"시마무라."

쭉쭉, 아다치가 팔꿈치를 잡아당겼다. 왜 이럴 때만 항상 팔꿈치의 살가죽을 붙잡는 걸까.

살도 별로 없는데.

"중학교 시절의 선배. 같은 동아리 활동을 했었어."

아다치에게 짧게 설명했다. 짧다기보다는 그게 사실상 전부인가. 그 이외에 이 사람과 관련된 특별한 정보는 아무것도 없다.

"으음…."

아다치가 꾸벅하고 살짝 인사를 하자, 선배가 "와, 미인이다." 하면서 흥분한 듯 말했다.

"이쪽도 내 후배로 삼고 싶을 만큼 미인인걸?"

"네에."

아다치의 담백한 대답에 "키히히." 하고 선배가 살짝 기분 나쁘게 웃었다. 저건… 뭔가가 떠올라서 웃는 소리와도 비슷했다. 저렇게까지 알기 쉬운 모습은 아니었겠지만, 나도 저렇듯 기억이 떠올라 웃음이 새어 나온 적이 있었다.

그건 그렇고, 아다치는 누가 봐도 역시 아름다움이 느껴지는 인재라는 사실을 새삼 실감했다.

그런 아다치를 올려다보며 문득 그 말을 되풀이해 보았다.

"앗, 미인이 있네."

"후엑?"

아다치가 흐물흐물해졌다. 미녀가 귀여운 생물로 휙 변화하는, 그런 만물의 신비함을 맛보았다.

"그거 경쟁하는… 설마 질투해서…?"

"…그 말씀 그대로입니다만?"

그런 다감한 이유는 전혀 아니었다. 단지 흉내를 냈을 뿐이라고 할까?

이런 일이 있을 때면, 자신이 인간으로서 참 단순하다는 사실을 새삼 깨닫게 된다.

"미녀와 시마무라는 여기에 살아? 아니구나. 이 마을 냄새가 안 나니."

미녀와 야수 같은 식으로 말하면, 꼭 내가 미녀의 카테고리에 속하지 않는 것 같잖아. 그거야 별로 상관없지만. 사상 최고의 평가는 반에서 세 번째이기도 했으니까. 아다치의 칭찬은… 너무 대단하니 명예의 전당에 들어갔다 치자.

"여행 왔어요. 선배는… 아르바이트가 아니라 직장인가요?"

"응. 집에 내가 있을 곳이 없어서. 고등학교 졸업하고 바로 뛰쳐나왔어. 다행히 돈은 주워서. 그래서 흘러흘러 지금은 인력거 꾼으로 일하는 중이야."

"주워요…?"

농담하듯 수수한 남색의 핫피를 자랑스럽게 선보이듯이 선배가 팔을 펼쳤다. 선명한 금색 계열 같은 머리카락은 건재해서, 햇빛 아래에 있으니 머리카락의 표면을 빛이 미끄러져 내려오는 듯이 보였다. 나도 한때는 염색을 하던 시절이 있었다. 주변 사람들의 평가는 아주 좋지 않았다.

중학교 시절의 농구부는 그다지 강하지도 않았고 열심히 노력하는 팀도 아니었지만, 선배는 대체로 시합에 출전하는 선수였다.

나는 고문 선생님을 대하는 태도가 좋지 못해, 3학년 때는 한 번도 시합에 출전하지 않았다.

"시마무라, 여기서 만난 것도 인연인데 타고 가지 않을래?"

선배가 휙휙 인력거의 좌석을 가리켰다. 아는 사람의 이런 제안은 거절하기 어려운 줄 잘 알면서 하는 말인 듯했다. 선배의 즐거워 보이는 말투에도 그걸 숨길 생각은 없어 보였다.

'아니요, 죄송해요'도 '그럼 기왕에 만났으니'도, 지금으로서는 반반이었다.

그래서 옆에 있는 아다치에게 물어봤다.

"어떻게 할래? 타 볼래?"

"시마무라의 선배…."

미묘하게 대화도 이어지지 않았고, 눈초리도 살짝 날카로워지기 시작했다. 안정되어 보여도, 이런 근본적인 부분은 변하지 않은 아다치였다. 이런 선배한테까지 질투하다니. 내 입장에서는 아다치가 훨씬 주변의 시선을 끄니, 조마조마두근두근…은 별로 하지 않지만, 아다치가 이런 성격이 아니었다면 더 걱정을 했을지도 모른다.

"사이 좋아, 무지 좋아. 너도 나랑 친해지자."

촉수처럼 까딱까딱 움직이며 선배의 손이 아다치를 향해 친근하게 뻗어 갔다. 하지만 그 모습을 대하는 아다치의 시선을 보고는 바로 움직임이 딱 멈췄다.

"아무 사이도 아냐. 대체 이 사람 누구지? 선배라니, 무슨 소리야?"

분위기를 파악한 선배는 완전히 정반대의 행동에 나섰다. 달걀프라이를 뒤집는 정도를 넘어, 프라이팬을 집어던진 정도의 단호함이었다.

"아하. 모르는 사람이었구나. 저흰 이만 실례할게요."

"오랜만에 만난 후배한테 내가 일하는 모습을 보여 주고 싶으니, 그 마음을 헤아려 줘."

선배가 됐다가 안 됐다가, 참 바쁜 사람이다.

"…뭐라고 해야 할지, 많이 변했어요."

지금까지의 감상을 한마디로 정리했다. 그 말을 듣고 선배는 이마에 붙은 머리를 쓸어 넘기며 웃었다.

그 눈에는, 넌 그다지 변하지 않았다고 말하고픈 듯한 그리운 반짝임이 깃들어 있었다.

"아… 이미지 체인지 했으니까."

아하하, 하고 이미 우리가 타기로 결정했다는 것처럼 선배는 노래하면서 인력거로 돌아갔다. 이미지 체인지라니. 이대로 선배를 무시한 채 웃으며 중앙에 있는 버스 정류장으로 가는 것도 재미있을지 모르지만, 지금 선배의 모습을 보면 인력거를 끌고 우리를 쫓아올 기세다.

"한번 타 볼까? 기왕에 이렇게 됐으니."

"괜찮아… 나, 옆에 있으니까."

"응? 아, 같이 탄다… 아, 정말~ 아다치도 참. 잊을 리가 없잖아, 아다치를."

아다치가 한 말은 선배하고만 말하지 말라는 그런 뜻이다.

전부 다 알고 있어요. 그렇게 말하듯 나는 아다치의 손을 잡고 인력거를 향해 갔다.

"자, 양산. 죄송하네요, 우리 인력거는 지붕이 없어서요. 물은 셀프입니다."

선배가 좌석에 놔두었던 보라색 전통 우산을 건네주었다. 화지(和紙)의 냄새인 듯한 메마른 향기가 코를 스쳤다. 그걸 받아서 인력거에 타기 직전, 선배와 거리가 가까워져 눈치챘다. 선배의 이마에는 희미한 흉터가 늘어나 있었다. 베인 상처 같았다. 알 수 없는 여러 사정이 있었음을 짐작할 수 있는 그것을 나는 슬쩍 보면서도 굳이 언급하지는 않았다.

아다치의 손을 잡고 함께 빨간 좌석에 올라탔다. 좌석을 붙들고 승차를 돕던 선배가 달려서 앞으로 돌아갔다. 팔에 꾸욱 힘을 주자, 허리 주변에도 힘이 들어가는 것을 뒷모습만으로도 알 수 있었다.

"출발하겠습니다. 손님. 그런데 어디까지 가려고? 목적지 있어? 아니면 관광 안내 해 줄까?"

아다치와 나는 서로 얼굴을 마주 보았다.

"관광 부탁할게요."

"알겠습니다!"

평소보다 높은 위치에서 평지를 내려다보니 약간 마음이 진정되지 않았다.

그리고 마을의 경치를 보다가 이제야 깨달았다. 이러니저러니 말을 해 놓고 면목이 없지만, 나도 선배의 이름이 기억나지 않았다. 뭐였더라? 특징이 강한 이름이었으니 윤곽은 남아 있는데, 정작 중요한 속을 채울 수가 없었다.

"그런데 시마무라는 조심성이 없네."

"네?"

인력거의 채를 잡고 움직이기 시작한 선배가 앞을 본 채 어깨를 흔들며 웃었다.

"요금도 안 물어보고 앉으면 안 되지."

이히히. 장난이 성공한 어린애 같은 웃음이었다.

"얼마인가요?"

"15분에 3000엔."

"비싸."

심지어 시간도 짧다. 15분이면 정말 얼마 가지도 못해 끝날 듯했다.

"두 사람이면 요금은 절반이잖아? 뭐였더라, 행복은 두 배, 불행은 더치페이?"

"좀 다르지만 무슨 말을 하려는지는 알겠어요."

건네받은 양산을 펼치고 아다치와 함께 그늘에 들어갈 수 있도록 위치를 조정했다. 보라색 비가 쏟아지듯이 그림자가 나와 아다치를 물들였다. 더위 자체는 사실상 거의 달라질 것 없어 보였다. 그래도 체감 온도가 그 보라색 덕분에 내려가는 듯한 느낌이 드는 것도 사실이었다.

"이건 이거대로 뭐."

내가 그렇게 말하자 그늘로 얼굴을 화장한 아다치가 작게 웃었다. 온화하고, 느슨하고, 희미한 웃음.

옛날의 아다치한테서는 찾아볼 수 없었던 모습뿐이다.

"어~ 먼저, 이건 지장보살입니다."

인력거의 커다란 바퀴 옆으로 벌써 관광 명소(?)가 나타났다.

커다란 갓을 쓰고 턱받이를 한 지장보살이 여섯 개 정도 늘어서 있었다.

"지장보살이네요."

"네."

인력거는 멈추지 않고 빠르게 지장보살의 앞을 통과해 갔다.

"저어, 유래나 일화의 해설은요?"

"몰라. 난 여기 사람 아니라서."

"…저기요……."

"진지한 해설을 듣고 싶으면 다른 인력거를 한 번 더 타길 추천할게."

"장사 수완이 참 좋네요."

"손님, 그럼 묻겠는데. 명소 안내와 시마무라의 중학교 시절 이야기, 뭘 듣고 싶으신가요?"

"그만두지 못할까!"

"시마무라의… 중학교."

아다치가 살짝 몸을 앞으로 내밀며 흥미를 보였다. 제발 그러지 말라며 어깨를 흔들었다.

"옛날 얘기보다는 더 미래의 얘길 하면 어떨까, 아다치?"

"그건 중학교 1학년의 봄. 패스를 하라며 농구부 부원이 화를 내자 시마무라 아무개는 그럼 지금 해 주겠다며 머리 위로 들어 올린 공을…."

"그~마~안~!"

얼굴은 기억도 못 했으면서 왜 그런 기억하나 마나 한 일은 기억하고 있는 건지.

덧붙이자면 그건 맨 처음 합동연습 때로, 그 여자부원이 나를 발로 차서 본격적인 싸움이 벌어졌었다.

농구부원이니 그럴 수도 있지, 같은 상황이 될 리가 없었다.

그런 씁쓸한 중학생 시마짱은 구덩이 아래로 내버리고 그 위에다 아이스 바의 막대기라도 세워 무덤 대신으로 삼고 싶었는데, 아다치의 눈이 그런 시마짱의 손을 붙잡고 싶어 한다는 게 문제였다.

"아다치, 그런 이야기를 듣고 싶어? 진심으로 묻는 말이야."

"알고 싶은 마음도 있고, 이야기를 들으면 그때 내가 없었던 게 후회될 듯한… 두 가지 마음이 들어."

가슴을 누르듯 손을 대고 아다치가 그러한 모순된 감정을 토로했다. 그 마음은 잘 안다. 하지만.

"몰라도 되고, 그때 만나지 않아 다행이라는 생각도 들어. 빈말로도 칭찬받을 만한 인간이 아니었거든."

그때 만났다면 틀림없이 서로 불쾌한 인상만 가진 채 본체만체 지나쳤을 테니까.

"호오, 그럼 지금은 칭찬받을 만한 인간이구나?"

선배가 끼어들었다. 조금 생각해 본 다음, 과연 어떨까 하며 자신의 뺨을 가볍게 꼬집어 보았다.

"노력은 하고 있어요."

"그 대답, 멋진걸?"

선배는 그런 대답을 듣고 싶었다는 듯이 입술과 눈가를 일그러뜨리며 웃었다.

"그런데 옆의 미녀는 삶이 괴로워 보이는 분위기가 풍겨."

"뭐?"

무례한 소리를 듣고 아다치가 무표정하게 얼음을 생성했다. 오오, 이게 차가운 아다치인가?!

이런 모습을 이끌어 내다니, 역시 선배. 무서운 게 없는 사람인가.

"난 그런 사람 아주 좋아해."

"뭐?"

아다치의 목소리가 눈에 보이는 가시를 두르고 있었다. 선배는 별로 마음에 두지 않는 듯 계속 웃었다.

웃으면서도 인력거를 끌기 위해 어금니를 꽉 물고 있어 뺨이 불룩 나와 있었다. 일반인은 흉내 내려고 해도 하기 힘든 얼굴이다.

그리고 그 가볍게 던진 화제 덕분에 중학교 시절의 이야기가 묻혀서 속으로는 다행이라 생각했다.

"시마무라와 미녀는… 어~ 나이대로 순조로웠다면 대학교 4학년인가? 졸업 여행이야?"

"네에, 그렇다고 보면 돼요."

예행연습이라고 하는 게 더 정확하지만, 선배한테 말해 봐야 정확히 전달되진 않겠지.

"두 사람은 대학 친구?"

가벼운 잡담 정도로 생각하고 던진 선배의 질문에 어떻게 대답할지 망설였다.

그런데 내가 망설이는 사이에.

"연인이에요."

내가 대답하기도 전에 아다치가 명확히 단언해 두었다.

선배가 신호 대기 장소를 세 걸음 정도 앞에 두고 멈춰 서더니 뒤를 돌아보았다. 눈이 마주쳐서 아다치와 마주 잡은 손을 대답 대신에 들어 올려 보여 주었다.

연인이라고 말했다.

그런 말을 거침없이 할 수 있게 된 아다치의 옆얼굴을 들여다보고는 애썼구나 하고, 마치 높은 사람의 시점으로 바라보듯 그 성장한 모습을 순순히 받아들였다.

"흐~응."

"뭔가요, 그 흐~응은?"

"아니, 너도 사람을 좋아하게 되기도 하는구나?"

무지막지하게 무례한 소리를 듣고 말았다.

"중학교 때는 좋아하는 사람 없었잖아?"

"중학생 때는 그렇지만… 아니지, 첫사랑… 비슷한 거라면."

"어?!"

선배가 아니라 아다치가 놀랐다. 괜한 말을 했나? 나는 속으로 실수라고 생각했다.

"시, 시마무라…. 좋아하는 사람, 있었어?"

"너까지 왜 그럴까. 나를 마치 냉혈한 같은 인간처럼."

나의 경우, 좋아한다는 감정과는 다르지 않나 싶긴 하지만. 좋아한다기보다는 이 사람 괜찮네와 비슷한 감촉.

호의라고 하면 될까?

이게 사랑이라면 실제로 그런 건지도 모르지만.

"아다치를 좋아하게 됐다는 건, 누군가를 좋아하게 되는 감정이 나에게도 있다는 거니… 어? 아다치, 표정이 왜 그래?!"

쓴 음식을 먹었을 때의 여동생처럼 아랫입술을 깨문 채로 얼굴의 각 부위가 다 중앙으로 몰려 있는 듯한 심각한 표정이었다. 아주 불만스럽다, 도무지 납득할 수 없다, 같은 말을 굳이 할 필요도 없이 그런 의사를 표현하고 있었다.

"지금 햄스터가 가로질러 깨물어 버릴 것 같은 표정을 짓고 있어, 아다치."

"그게 무슨 표정인데…?"

설명이 어려워서 표정을 사진에 담으려고 했더니, 아다치가 촬영을 거부하기 위해 전화를 손으로 꽉 쥐었다. 일진일퇴를 하며 서로 밀고 당겼지만 너무 의미 없는 짓이라 사진 촬영은 포기했다.

"그래서? 왜 그런 재미있는 표정을 지었어?"

모르겠다고 말하면서도 아다치는 또 햄스터 깨물기 같은 표정을 지었다.

"그건 그러니까⋯."

오랜만에 삐친 아다치를 보게 돼서, 이쪽은 흐뭇할 지경이었다.

"내가, 첫사랑이었으면 해서⋯."

"그건 아주 근사한 일이겠지만⋯ 아, 그래도 사귄 사람은 아다치가 처음이야."

원만히 해결할 만한 대답을 찾은 나는, 둘이서 그 정도로 기분을 풀면 어떠냐고 제안했다. 아다치는 반쯤 받아들일 듯 말 듯 애매한 태도였지만, 일단은 고개만이라도 움직여 두겠다는 듯이 고개를 끄덕였다.

"호오. 사람은 죄다 적이라는 듯한 태도였으면서 속에는 그런 소녀 같은 마음이 감춰져 있었구나?"

"이제 그 얘기는 됐어요. 그리고 그 사람은 그냥, 재미있는 사람이라고 생각했던 정도에 불과해요."

"그것 참 산뜻한 첫사랑도 다 있네."

무언가 여운이 느껴지는 듯한 말투였다. 선배의 첫사랑은 그렇게 찐득한 맛이었나?

찐득한 연애라니 뭐지? 포기를 쉽게 하지 않는다든가, 그런 건가?

"중학교라면… 누군데? 키도(木道)? 신카와(心川)?"

"그게 누군데요?"

"내가 어떻게 알아. 얘도 참."

캬하하하, 선배가 나이 차이를 반전시키듯이 쾌활하게 웃었다.

"그런데 여자도 괜찮다면, 농구부의 누군가였을 가능성도 있겠네? 앗, 나인가?"

"그럴 리가 없잖아요."

이 사람, 이런 말투도 그렇지만 예전에는 더 평범하다고 할까? 진지한 성격이 엿보였는데. 어디 머리라도 잘못 부딪쳤나 싶을 만큼 사람이 확 변했다. 대체 무슨 일이 있었기에. 그런 생각을 하며 문득 옆을 봤는데, 그러고 보니 극적으로 캐릭터가 변한 사람이 여기에도 있었구나 싶어, 그렇다면 그런 일이 있을 수도 있겠다고 순순히 받아들이고 넘어갔다.

아다치는 그 시선을 어떻게 해석했는지, 뭔가 불안한 듯 눈빛이 흔들리고 있었다.

"아냐, 정말 아니야."

일단 그것만큼은 거듭 부정해 두었다.

"그야 그렇겠지. 그 당시에 나는 재미없는 인간이었으니까."

"재미없다기보다는, 여유가 없어 보이긴 했어요."

나의 그 회상을 듣고 선배는 깊은 맛을 음미하듯 생각에 잠겼다가 다시 환하게 웃었다.

"지금은 다소 유쾌한 모습이 되려고 노력하고 있지만, 이번엔 바쁘니 만남이 없어 문제야. 뭐든 뜻대로 잘 안 되네."

"일이 바쁜가요?"

"난 역시 눈에 띄기도 하고, 겉모습이 예쁘니까. 미인이라 다행이야."

"엄청난 자신감이네요."

틀린 말은 아니지만.

"우리 조합의 간판이라 할 수 있는 사람은 나보다 훨씬 인기가 많지만 말이지. 이 마을을 잘 알고 있고, 지식도 풍부해. 그리고 처음부터 유명한 바탕이… 뭐, 그 사람은 됐고. 그런데 예쁘면 역시 좋은 점 많지? 미인도 역시 그 예쁜 외모로 시마무라를 멋지게 낚은 거잖아?"

선배가 아다치에게 말을 건넸다. 예쁜 외모를 지닌 여성 둘이 서로 바라보며 눈을 깜빡이고 있었다.

"그랬어?"

아다치가 내 얼굴을 들여다보며 확인했다. 얼굴에 낚였다… 그런 측면도 있다면 있나? 불안과 투명함이 동시에 존재하는 아다치의 옆얼굴은 당시부터 내 시선을 빼앗았고, 그걸 보러 체육관의 2층으로 갔던 측면도 틀림없이 있었다.

"처음부터 예쁘다고 생각하긴 했어."

생각했던 바를 솔직하게 말했다. 그 말의 어미가 붓이 되어 아다치의 얼굴을 붉게 물들였다.

보라색 양산 아래에서는 그 변화한 모습이 더욱 요염하게 보였다.

"그랬구나…."

날아온 돌이 마음의 수면에 떨어져 물결을 일으키듯이, 아다치의 말 하나하나에 파문이 확대되어 갔다.

그 파문이 잔잔한 파도처럼 조용히 나를 흔들었다.

"앗, 나도, 시마무라를 계속… 미인이라고 생각했어."

"반에서 세 번째 정도의 미인?"

"세계 최고의 미인."

나는 손가락으로 살짝 밀어냈을 뿐인데, 아다치는 통나무를 들고 나를 밀쳐 버렸다.

양보하지 않겠다는 듯이 몸을 받치고 있는 다리는 꿈쩍도 하지 않고 대지에 우뚝 서 있다.

"응, 고마워."

나에게는 과대평가라도, 아다치에게는 세상의 진실.

그러한 다른 시점을 확인하자, 여기에 아다치가 있다는 안도감도 싹이 텄다.

"어때? 좋은 추억이 생겼지?"

"선배의 그 한마디로 싹 가서 버린 정취는 대체 어디로 사라져 버린 걸까요?"

"이곳은 아주 유명한 토리이*입니다~ 커플도 신랑신부도 소풍 온 초등학생도 일단 지나고 보지요. 저길 지나 계속 가면 신전이 나옵니다~"

마치 녹음이라도 해 둔 것처럼, 본업인 관광 가이드가 갑자기 시작되었다. 소개한 방향을 보니 도로 중앙에 커다란 토리이가 진을 치고 있었다. 그 옆을 지키는 존재는 역시나 커다란 코마이누(狛犬)라 불리는 석상이었다. 선배의 말대로 투어를 온 듯한 여성 그룹이 토리이 아래에 줄지어 서서 사진을 찍고 있었다.

와아, 하면서 주변을 둘러보니 편의점 너머로 역의 출입구가 보였다. 우리가 나왔던 곳과는 다르지만, 역 앞으로 빙글 돌아서 온 모양이었다.

"기념 촬영을 하기에 딱 좋은 장소야. 지나갈 때마다, 이 인력거로 돌격해서 난입하면 어떻게 될까 생각하며 손님이랑 대화해."

"선배가 그냥 백수가 될 뿐이겠죠."

"야박하긴."

인력거로 그 토리이 앞을 가로질렀다. 토리이 너머에서 굼실거리는 사람의 흐름을 높은 장소에서 보고 있으니 그 불빛이 눈

※토리이(鳥居) : 신사 입구에 세워 둔 기둥 두 개로 이루어진 문.

에 스며드는 듯했다. 한밤에 보이는 축제의 빛을 대낮에 바라보고 있는 것 같은 비몽사몽한 광경이었다.

위치가 높아서 그런지 도로를 빠져나가는 바람의 소리가 크게 들렸다.

주의 깊게 냄새를 맡아 보니, 정말로 희미한 바다 내음이 느껴지는 듯도 했다.

토리이 앞의 횡단보도를 가로지르자마자 선배가 갑자기 고개를 들었다.

"어~ 저쪽의 저건 편의점입니다."

모퉁이에 있는 편의점을 대충 소개해 주었다. 유료 주차장의 대부분은 가득 차 있었다.

"우리 지역에도 있어요. 저 건물."

"진짜? 발전이 너무 빠르잖아?! 그런데 손님, 슬슬 15분인데 연장하시겠나요?"

"내릴게요."

"출구는 오른쪽입니다~ 두고 내리는 물건이 없도록 어쩌고저쩌고~"

인도 옆에 가까이 붙어 인력거가 정차했다. 뿜어져 나오는 땀을 닦을 새도 없이, 우리가 내리는 걸 도우려고 선배가 좌석을 붙잡았다. 이번엔 아다치가 먼저 내려 내 손을 잡아 주었다.

인도에 내려선 나는 전통 우산을 접어 선배에게 돌려주었다.

"만족하셨는지요?"

"앉아 있을 뿐이었는데 무척 바빴어요."

"괜찮다면 설문조사 1번 항목에 동그라미 부탁드립니다."

"설문조사는 어디 있는데요?"

"농담은 그만하고, 시마무라. 할 얘기가 있어. 그리고 요금."

"앗, 네."

나한테만 할 이야기라면, 아다치는 여기서 기다려 줘야 하는데.

"라고 하는데?"

내릴 때 붙잡았던 손을 어떻게든 놓을 필요가 있었다.

"요금은 내가 내고 올게. 그리고 할 이야기가 있다니까 아다치, 잠깐만 기다려 줄 수 있을까?"

"이야기라니?"

"아직 못 들었으니 당연히 모를 수밖에."

주뼛거리면서 내 손가락을 탓하듯이 아다치가 손가락으로 내 손을 찔렀다. 오늘 막 만난 선배인데도 아다치는 마음을 놓지 않는다. 자만하지 않는 그런 점이야말로 항상 전력을 다하는 아다치의 비결인지도 모른다.

"괜찮아. 알겠지?"

"응….."

가끔 이렇게 강아지 같은 면을 보여 주는데, 이게 바로 천연스럽고 영리한 아다치의 모습이다.

근처 빈티지 옷가게에 간신히 아다치를 남겨 두고, 나는 선배 곁으로 갔다. 선배는 검은 지갑을 꺼내고 있었다.

"아까도 말했지만 3000엔이야."

"네네."

선배는 지갑을 열면서도 우리를 향해 있는 아다치의 시선을 눈치채고는 미소를 지었다.

"저 미녀 뭐야. 혹시 내가 시마무라한테 집적거릴까 봐 경계해?"

"그건 뭐. 질투가 좀 심하다고 할까요?"

"흠흠흠."

대화하면서 선배가 손을 내밀었다. 지인 할인은 없이, 정확히 3000엔을 냈다.

"저 미녀 정말 괜찮은걸? 나 주면 안 돼?"

"하하하…."

"진심으로 하는 말이야. 허락만 하면 작업을 걸어 볼게."

선배가 요금을 받으면서 아주 진지한 표정으로 말했다.

"선배?"

"사실 나도 여자를 아주 좋아하거든. 키가 조금만 더 작았으면 최고였을 텐데."

농담을 하는 낌새가 아니었다. 선배도 그렇구나. 그런 생각을 하며 얼굴을 올려다보았다. 내 주변에는 그런 사람이 은근히 많은 듯했다. 역시 서로 잡아끄는 뭔가가 있는 걸까?

그건 그렇다 치고, 아다치를 다른 사람에게 양보한다?

지금의 나한테서 아다치를 뺀다는 말이다.

상상해 보니, 푹 맥이 빠져서 당장이라도 쓰러질 것만 같았다.

⋯⋯⋯⋯말도 안 될 일이다.

"허락할 생각 없는데요?"

사람이 이 세상에서 진정으로 허락할 수 있는 일은 자신과 관련된 사항뿐이다.

그걸 잘 알고 있지만, 나는 아다치에게 접근하려는 시도를 부정했다.

나 자신을 위해서.

나의 날카로운 거절을 보고 선배는 만족스럽게 고개를 끄덕였다.

"그러면 허락 없이 꼬셔 볼까? 면허는 없지만 실력 좋은 세계적인 명의, 그 이름은."

"이봐요."

"농담이야. 남의 여자한테 집적거리길 좋아하긴 하지만, 쟤는 어려워 보여."

저렇게 일편단심인 여자한테는 인기가 없더라고. 선배가 자조하듯이 그렇게 중얼거렸다.

나는, 그야 옆길로 새어 버리면 일편단심이라 할 수 없으니,

하고 고지식하게 반응했다.

선배가 손수건을 꺼내 땀을 닦았다.

"자, 이제부터는 내가 하고 싶은 대로 무책임한 소릴 하겠어."

"네? 네에."

"여친 소중하게 대해, 시마무라."

노동으로 흘린 땀을 닦으면서 선배가 충고했다.

그 모습을 보니, 동아리 활동이 끝나고 태연하게 말을 걸어오던 때의 모습이 떠올랐다.

"나는 안 하겠지만."

"네?"

"이젠 그럴 수 없는 사람이 됐거든. 하지만 넌 꼭 소중하게 대해 줘. 알았지?"

"선배…."

그건 이마의 흐릿한 흉터와 관련이 있을까?

자신은 못 하는 일을 남에게는 하라니.

정말로 무책임한 소리였다.

그걸 우직하게 미리 말해 주는 그런 자세에서, 옛날의 흔적이 엿보였다.

"그리고 내가 동행할 수 있는 곳은 여기까지인가 봐."

"추가 요금을 내지 않았으니까요."

혀를 차는 소리가 들린 듯한데, 나의 착각이었을까?

"이제부터는 둘이서 언제까지나, 어디로든, 마음대로 돌아다녀 봐!"

"목소리가 커요."

"그리고 도중에 지쳤다 싶으면 부담 갖지 말고 인력거를 타 줘."

인력거의 채를 쥔 선배가 핸들을 돌리듯이 손목을 꺾었다.

"이번 여행 중에 가볍게 다섯 번 정도."

"혹시 성과제예요?"

"혼자 걸어 봐야 따분할 뿐이야."

또 손님을 받으러 가 볼까. 선배가 그런 소리를 하며 인력거를 끌기 시작했다. 또 역 앞 방향으로 큰 바퀴가 굴러갔다. 은색 바퀴가 빨아들인 빛보다도 더 밝게 빛나는 선배의 머리카락을 보면서.

"건강히 잘 지내세요, 선배."

항상 사용하던 인사를 꾹 집어삼키고 다른 인사를 꺼냈다.

우리를 15분만큼만 앞으로 나아가게 해 준 선배.

선배와 나의 관계는 그게 제일 적절한지도 모른다.

뒤를 돌아본 선배는 중학생 때의 표정을 입매에 드러내면서 나에게 대답했다.

"감사합니다! 좋은 여행 되시길!"

마지막만큼은 착실한 인력거꾼이 되어 자신의 인상을 깔끔하게 정돈해 두었다.

외모가 출중하면 이렇게 마무리 짓는 분위기를 쉽게 만들어 낼 수 있다. 아다치와 사귀기 시작한 뒤로 배운 일이었다.

그리고 그 선배의 모습을 배웅하다가 하늘에 녹아들 듯이 걸어가는 모습을 보고서야 겨우 떠올랐다.

선배의 이름이.

"맞아, 처음엔 코트의 경계를 잘못 보고 실수해서 불쾌한 표정이 되었지."

그때의 일도 지금은 흐뭇하게 되돌아보면서, 나는 아다치에게로 돌아갔다. 아다치는 멀리 떠난 인력거의 뒷모습을 슬쩍 바라보고 있었다.

"이상한 사람이었어."

"응, 그렇긴 해."

집에는 저 사람보다 이상한 사람이 둘이나 있어서 그렇게까지 큰 영향은 없다.

"그래도 건강해 보였으니, 그럼 됐지 뭐."

이번에는 '안녕히 가세요' 같은 인사를 하지 않았는데도, 영원한 작별이 될 듯한 기분이 들었다.

그래도 만약 또 만난다면, 그 금발 덕분에 바로 기억이 떠오르겠지.

"자, 이제 어디로 갈까? 선물은… 돌아가면서 사면 되나?"

이번에는 웬일로 선물을 사 오라며 돈까지 맡긴 사람이 있다.

여행 전, 집안을 뛰어다니던 너구리가 500엔 동전 하나를 의기 양양한 모습으로 나에게 내밀었다. 요구하는 선물은 당연히 과 자였다. 너구리가 준 돈이니 나중에 이파리로 변해 버리는 게 아 닌가 확인해 봤는지, 아직까지는 아무 문제 없는 동전이다.

"아다치는 어디 가고 싶어?"

"시마무라가 있는 곳."

아무런 망설임도 없이 그렇게 대답해, 나는 아다치의 그런 흔 들림 없는 점이 좋다고 새삼 다시 확인하게 되었다.

"이미 여기 있잖아."

손을 내밀자 아다치가 사랑스럽다는 감정을 숨기지 않으며 손 가락으로 내 손을 휘감았다. 평소처럼 서로 맞잡은 손을 누가 먼 저랄 것도 없이 잡아당겨 서로가 서로를 이끌듯이 걸어갔다.

"태어난 뒤로 15년간의 시마무라를 이젠 만날 수 없어서 조금 아쉬워."

아다치가 인력거를 탄 감상처럼 들리는 말을 해 주었다. 경치 보다도 계속 나를 바라보고 있었다고 말하는 것 같아서 뺨에 여 름이 몰려왔다.

"앞으로 몇십 년이란 시간이 있는데도?"

"그건 그거고."

"아다치다워."

나의 모든 것을 맛보지 않아선 만족하지 못하는 아다치의 탐

욕스러움에도 웃음밖에 나오지 않을 만큼, 이제 난 되돌릴 수 없을 정도로 아다치에게 중독되어 있었다.

처음 와 보는 장소에 와도, 익숙한 마을에 있어도, 언제나 어디서나 옆에는 아다치가 있다.

아다치라는 하얀 별을 중심으로 나의 세계는 형성되어 있다. 그 별빛이 세계를 비춘다. 그 별빛이 떠오른다. 모든 것이 반짝인다.

지금에 와서는 아다치야말로 바로 나의 세계였다.

"요즘 있지, 나는 내가 자각하는 것보다도 훨씬 아다치를 좋아하는 게 아닐까 하는 생각이 들어."

그 말을 하면서 나는 잠시 아다치의 얼굴을 보지 말고 걷자고 결심했다.

아다치의 목소리가 귀에 닿지 않도록, 빠른 걸음으로, 살짝 몸을 앞으로 내밀고.

맞잡고 있는 손이 그걸 허용할 리가 없는데, 힘껏 도망치려고 시도했다.

여름에 달아오른 팔다리가 거짓말처럼 가벼웠다.

어디로 갈까. 무엇을 보고, 어떤 것을 기억할까.

걷는 사이에도 계속해서 쌓여 간다. 아다치와 있기만 해도 온통 추억에 휩싸여 간다.

그 추억이 언젠가 거품처럼 행복으로 분출되기를 바라면서.

둘이서.

무한한 듯하지만 언젠가는 끝나는 여름을 몇 번이고 가로질러 가면서.

어디로든, 어디에든, 마음이 이끄는 대로 가 보기로 했다.

11권 끝

◆작가 후기◆

This story has not finished yet.

It is an infinity loop?

아다치와 시마무라 11권이었습니다. 드디어 저의 저작물로서는 가장 긴 시리즈와 어깨를 나란히 했습니다.

솔직히 말씀드리면 설마 이렇게 오래 계속되리라고는 생각하지 못했습니다. 옛날옛날, 모 잡지에 게재한 단편이 이토록 듬직하게 변할 줄이야. 프로틴을 더 내놔.

드디어 다음 권이 최종권…이 될 예정입니다.

감동의 최종권! 하지만 최종화는 게재되지 않아! 그게 무슨 소리냐.

내용이라고 할지, 무대는 고등학교의 문화제일까? 현재의 단계로는. 다만 정작 글을 쓰게 되면 내용이 확 바뀌게 될지도 모릅니다만. 그런데 다음 권의 아다치와 시마무라는 12권이 아니라, 잠깐 곁길로 새게 될지도… 모릅니다. 정확히는 알 수 없습니다. 미래에 관한 이야기는 쓰지 말라는 지시가 내려오기도 하고 안 내려오기도 합니다. 이렇게 적으면 누군가의 어두운 음모 같은 낌새가 들기도 하고 안 들기도 하고 그러네요.

구체적으로는 말할 수 없지만, 내용은 최근에 집필한 글 중에서도 개인적으로는 훌륭하다, 역시 천재 아냐? 라고 생각할 만한 내용이니, 이미 읽으신 분은 한 권 전체를 한꺼번에 술술 읽으실 수 있을 테고, 아직이신 분이라면 꼭 한 번 읽어 주셨으면 하는 마음입니다. 내년에는 나올… 예정입니다.

제목은 어떻게 할까요.

그리고 본문에 분명 일러스트가 추가될 테니 그것도 기대되네요. 그런 느낌으로.

동시 발매하는 『내 첫사랑 상대가 키스했다』도 괜찮다면 잘 부탁드립니다.

올해도 저는 이것으로 끝입니다.

그러니 약간 이르긴 하지만 여러분, 새해 복 많이 받으시길!

내년에도 잘 부탁드립니다.

이루마 히토마

아다치와 시마무라 [11]

————

2024년 6월 10일 초판 발행

저자 이루마 히토마 | **일러스트** raemz | **캐릭터 디자인** 논 | **옮긴이** 문기업
발행인 정동훈 | **편집인** 여영아
편집 팀장 황정아 김은실 | **편집** 노혜림
발행처 (주)학산문화사 | 서울특별시 동작구 상도로 282 학산빌딩
편집부 02.828.8838(전화), 02.816.6471(팩스) | **영업부** 02.828.8986(전화), 02.828.8890(팩스)
홈페이지 www.haksanpub.co.kr | **등록** 1995년 7월 1일 | **등록번호** 제3-632호

————

ADACHI TO SHIMAMURA Vol.11
©Hitoma Iruma 2022
Edited by 전격문고
First published in Japan in 2022 by KADOKAWA CORPORATION, Tokyo.
Korean translation rights arranged with KADOKAWA CORPORATION, Tokyo.

————

ISBN 979-11-411-2883-8 04830
ISBN 979-11-256-3678-6 (세트)

값 7,000원

밀리언 크라운 5

타츠노코 타로 지음 | 코게차 일러스트

타츠노코 타로가 선사하는
인류 재연(再演)의 이야기, 격진의 제5막!

큐슈에서의 사투를 마치고 왕관종 중 하나인 오오야마츠미노카미를 토벌하는
데 성공한 극동도시국가연합 일행들. 전후 처리를 마친 시노노메 카즈마는 '나
츠키와의 데이트 약속'으로 고민하며 휴가를 쓰지만, 쉬기는커녕 연달아 예정
이 생기는데?! 귀국한 적복 필두 와다 타츠지로. '최강의 유체조작형'이라 불리
기도 하는 왕년의 인류최강전력(밀리언 크라운)과의 대련이 시작되고, 중화대
륙연방, EU연합의 갑작스러운 방문과 시대를 뒤흔들 '신형병기' 공개, 그리고
그 끝에서 기다리는 긴장되는 데이트에서…! 여러 가지 이야기가 교차되는 가
운데 파란만장한 휴가의 막이 오른다!

(주)학산문화사 발행

아다치와 시마무라 10

이루마 히토마 지음 | **raemz** 일러스트 | **논** 캐릭터 디자인

이루마 히토마가 선사하는
평범한 여고생들의 풋풋한 이야기, 제10탄!

나는 내일 이 집을 떠난다. 시마무라와 같이 살기 위해서. 나도 시마무라도 어른이 되었다. "아~다치." 벌떡 일어났다. "으아앗." 호들갑스럽게 뒤로 물러선 나를 보고 시마무라가 눈을 휘둥그렇게 떴다. 장난스럽게 양손을 들어 올렸다. 아래로 내려와 눈에 걸친 머리카락을 쓸어넘기면서 좌우를 둘러보고 이제야 상황을 이해했다. 아파트로 이사를 왔었다. 둘이서 지내는구나, 앞으로 계속. "자, 잘 부탁합니다." "나도 많이 부탁을 하게 될 테니, 각오해 둬." 나의 세계는 모든 것이 시마무라로 되어 있었고, 앞으로 계속될 미래에는 그 어떤 불안도 없었다.

(주)학산문화사 발행